深圳市南山区文学艺术界联合会指导
深圳市南山区文艺评论家协会执行编辑

|光明社科文库|

守正出新
当代十三行汉诗评论集

黄永健　朱铁舞◎编著

光明日报出版社

图书在版编目（CIP）数据

守正出新：当代十三行汉诗评论集 / 黄永健，朱铁舞编著. -- 北京：光明日报出版社，2023.12
ISBN 978-7-5194-7682-3

Ⅰ.①守… Ⅱ.①黄… ②朱… Ⅲ.①诗歌评论—中国—当代—文集 Ⅳ.①I207.22-53

中国国家版本馆 CIP 数据核字（2023）第 239200 号

守正出新：当代十三行汉诗评论集
SHOUZHENG CHUXIN: DANGDAI SHISANHANG HANSHI PINGLUNJI

编　　著：黄永健　朱铁舞	
责任编辑：许　怡	责任校对：王　娟　李佳莹
封面设计：中联华文	责任印制：曹　净

出版发行：光明日报出版社
地　　址：北京市西城区永安路 106 号，100050
电　　话：010-63169890（咨询），010-63131930（邮购）
传　　真：010-63131930
网　　址：http://book.gmw.cn
E - mail：gmrbcbs@gmw.cn
法律顾问：北京市兰台律师事务所龚柳方律师

印　　刷：三河市华东印刷有限公司
装　　订：三河市华东印刷有限公司
本书如有破损、缺页、装订错误，请与本社联系调换，电话：010-63131930

开　　本：170mm×240mm
字　　数：224 千字　　　　　　　　　印　　张：12.5
版　　次：2024 年 3 月第 1 版　　　　印　　次：2024 年 3 月第 1 次印刷
书　　号：ISBN 978-7-5194-7682-3
定　　价：85.00 元

版权所有　　翻印必究

目 录
CONTENTS

1. 松竹体（手枪诗）
   ——汉诗十三行体问世 …………………………… 黄永健 1
2. 手枪诗挑战梨花体
   ——汉诗何去何从 ………………………………… 梁云 6
3. 手机体汉诗 ………………………………………… 诸彪 9
4. 汉诗新体
   ——手机体（手枪体）汉诗 ……………………… 子纯 12
5. 手枪体汉诗与一个中国人的理想 ………… 黄世欢 何文婷 13
6. 手枪体汉诗与中国梦 …………………………… 梁云 15
7. 手枪诗（松竹体新汉诗）创新引论 ……………… 黄永健 17
8. 微信时代的"手枪诗" …………………………… 唐诗 25
9. "手枪体"抑或"十三行体"？
   ——陈仲义&黄永健仙女山"论枪"实录 …… 黄永健 陈仲义 30
10. 手枪体PK朦胧诗
    ——文化对话的川江号子？ ……………………… 梁云 50
11. 手枪体汉诗创立一周年
    ——时间过得真快 ………………………………… 凌子 54
12. 当诗歌遇到互联网 ……………………… 紫藤山 申峥嵘 57
13. 心在他山，怎识庐山
    ——驳叶橹新诗立体伪命题论 …………………… 黄永健 59
14. "十三行"汉诗有可能会改变和激活中国诗歌吗 … 朱铁舞 63
15. 浅谈松竹体手枪诗 ………………………………… 刘祖荣 72

16. 三个火枪手　叫板十四行
　　——松竹体与商籁体的世纪对话 …………… 周阳生　黄永健　乔木　77
17. "手枪诗"是创新还是复古？ ………………………………… 怀思　81
18. 双宝塔、拼贴及视觉习性
　　——关于手枪诗的几点思考 …………………………… 王译敏　85
19. 手枪诗火了，火得让人感动 ………………………………… 杨洛　88
20. 微信是一张神奇的网 ………………………………………… 罗亚平　90
21. 黄永健：带着"手枪诗"闯入文化产业 …………………… 林雪　94
22. 杜劲松、林诗雅访谈手枪诗 ………………………………… 何铮　97
23. 关于手枪体汉诗的争议 ……………………………………… 刘祖荣　98
24. 手枪诗重塑《水浒》108 英雄群像缘起 …………………… 黄永健　100
25. 微论十三行汉诗的原型之美 ………………………………… 周阳生　103
26. 论手枪诗的四种格式 ………………………………………… 刘祖荣　111
27. 写汉语新诗要讲究格律了 …………………………………… 张杰　115
28. 艺术新视线：黄永健教授其人其诗 ………………………… 王廷信　117
29. 手枪诗
　　——循古创新的诗歌情怀 …………………… 刘婷婷　胡娜　120
30. 我支持手枪诗 ………………………………………………… 陈振雄　123
31. 汉诗的灵魂觉醒
　　——兼答"二号评委"先生 ………………………………… 周阳生　124
32. 手枪诗之我见 ………………………………………………… 八马　126
33. 浅谈松竹体十三行新汉诗 …………………… 岳顶聪　王乐乐　127
34. 火种 …………………………………………………………… 吴伯贤　129
35. 人生论美学实践
　　——以松竹体十三行汉诗（手枪诗）创作为例 …… 黄永健　137
36. 承续、吸纳、革新
　　——十三行汉诗的诗体优势分析 ……………………… 黄永健　151
37. 现代诗：外形式的表征与体式
　　——兼论"手枪体"与"截句体" ……………………… 陈仲义　160
38. 从价值观等四个层面解读定型体十三行汉诗 ……………… 铁舞　177
39. 十三行汉诗在中华诗词演变史上的价值与意义 …………… 黄永健　182

松竹体（手枪诗）
——汉诗十三行体问世

黄永健

一、松竹体（手枪诗）诞生传奇

  2013年12月底，我通过在微信里面发布汉诗，突发灵感，创造出手枪体汉诗。因为形似手枪，简称手枪诗，同时其形状又酷似长松披竹——松枝竹竿合为一体，又被称为松竹体新汉诗。我多年从事散文诗理论研究及创作，出版了《深港散文诗初探》《中国散文诗研究——现代汉语背景下一种新文体的理论建构》及《中外散文诗比较研究》，共计60万字，出版了散文、散文诗集《来如春梦》《愤怒的剑兰》《后海湾潮音》等。研究创作之余，我长期苦闷于现代新诗、散文诗与大众的隔膜与疏离，2013年12月的一个晚上，为安慰病痛中的小学同学，突发灵感，在手机上创发手枪诗。时过午夜，少年时代女同学的微信传来信息，病房只她一人打着吊瓶，过敏症突发的恐惧悬挂在女同学的心头，也刺痛了远在几千里之外的老同学的心，我佯装镇定，女同学发来一图——冰天雪地，四野昏暗，一女子持圩灯于荒郊断亭苦等远方归人。因有所感，我于手机屏上首得两句：

  怎么写
  愁死鬼

  这完全是梨花体的写法，但是，仿佛神助似的，在手机屏上，又出现了两行四言诗，接着是两行五言、两行六言、两行七言，诗是两行两行发给同学的，最后又回归三言，最后一行回归七言。当时我不知为什么把刚刚发出去的7段诗句，通过复制粘贴，刚好填满了微信手机屏，变成了下面的形状：

怎么写
愁死鬼
手执吊灯
伊人等谁
终南积雪后
人比清风美
古今聚少离多
长恨望穿秋水
知音一去几渺杳
暗香黄昏浮云堆
不如归
不如归
好梦君来伴蝶飞！

远在合肥医院里打吊针的女同学蒙了，她问这是什么体，我凭第一感觉，此诗的形状酷似一把袖珍手枪，于是脱口而出："手枪体"，就此，手枪体新汉诗诞生了。

二、松竹体（手枪诗）当代中国诗歌

2014年10月13日，由西南大学中国诗学研究中心和北京《文艺研究》杂志社联合主办，重庆武隆县文联、县喀斯特公司承办的第五届华文诗学名家国际论坛暨印象武隆诗歌采风活动启动，10月14日活动在仙女山落下帷幕。

华文诗学名家国际论坛主席吕进教授致开幕词，提出本届论坛的关键词是：守常求变。他认为科学地处理"变"和"常"的关系，推进多元化的诗歌重建，是一切有责任心的诗评家和诗人的使命。出席本届论坛的，有来自全世界的130余位华文诗学名家，其中有舒婷、叶延滨、傅天琳等获得全国文学奖和鲁迅文学奖的著名中国诗人。

我做了题为《新诗二次革命的回应——手枪诗（松竹体新汉诗）创新引论》的发言。我认为新诗研究者吕进提出的"二次革命"的观点和"三大重建"的思想，虽然不免激进，却是直面汉诗困境、痛下针砭的"良言"和"良药"，而"手枪诗"正是对吕进诗学思想的有力回应。"手枪诗"在"守常求变"的总的原则之下，以荡涤廓清为当然使命——荡涤廓清20世纪中国新诗尤其是"朦胧诗"和当代的"无边界自由诗"，创新汉诗诗体，重铸汉诗诗魂。

"手枪诗"横空出世，在网络上推出后，旋被热议、讨论，并很快进入当代主流诗学研究者的理论视野和愿景期待之中。

近百年来，中国新诗经历了多次学术论争，到今天学术界不得不重新讨论新诗的"二次革命"和"三大重建"——诗歌精神重建、诗体重建和诗歌传播方式重建。正如吕进先生所指出的那样，新诗的第一次革命是爆破，当下的新诗二次革命是重建——重建中华诗歌的固定形式、重建中华诗歌的审美风范、重建中华诗歌的传播方式。虽然"重建"与"革命"的含义不尽相同甚或相反，我们理解的当代新诗"二次革命"是极而言之的言说方式，但当代新诗的审美定式、无边界放任和远离读者、乖违当下的现状，已经到了忍无可忍的地步，要动摇其根基，突破其将近100年来所建立的审美标准和写作范式，通过"三大重建"达到现代汉语新诗的创化和新生，这无疑类似于一场革命。众所周知，老传统壁垒森严，可是有时候新传统也森严壁垒，新诗在文化中国时代的审美理念去魅、诗体建设和写作、传播方式更新，就其必然遭遇的误解和阻力来说，不啻一场"革命"。

本次会议上，"手枪诗"引起了以研究新诗形式创新而知名海内外的陈仲义先生的注意。陈仲义现为厦门城市学院人文学部教授，为朦胧诗代表性诗人的伴侣，曾出版过《中国朦胧诗人论》《诗的哗变——第三代诗人面面观》《现代诗——语言张力论》等学术著作，在临别前有缘看到《手枪诗（松竹体新汉诗）创新引论》，忽有所悟，通过电话找到我，来到与会者下榻的武隆仙女山华邦酒店，进行了长达两个小时的问询、质疑，其后这场当代诗歌形式论辩的"华山论剑"全文于网络披露。

无论哪个民族的诗歌，格律体总是主流诗体，如英美十四行诗、日本的和歌和俳句，越南的六八体和双七六八体等，中国诗歌史上主要以三言、四言、五言、七言诗歌为主流，六言诗不及三言、四言、五言、七言诗广泛，但是骈赋、元曲中六言诗句比比皆是。中国诗歌一直以格律形式代代相传，那是汉语和汉字本身的逻辑使然，更是中国文化要义中诸如"阴阳""流变""轮回""和谐""中庸"等价值观念的形态化身。美国意象派另一代表人物洛厄尔认为："这些我们称为汉字的奇妙的笔画组合实际上是完整思想的图画式表现。复杂的汉字不是自然而然地组成的，它们是由简单的汉字组成的，每一个汉字都有其意义和用法。把这些汉字组合在一起的时候，每一个字都对整个汉字的音或意起到作用。"

手枪诗（松竹体新汉诗）押韵，恢复和发展诗乐联谊，这是非常重要的，现代新诗渐行渐远，其中最主要的原因是难以朗诵和记忆，现代新诗名作《再别康桥》《采莲曲》《雨巷》《死水》《乡愁》等取得成功的要诀是押韵，所以古人不韵非诗绝不是空穴来风。在押韵的大前提下，手枪诗将中国数千年汉语诗歌中的主流诗体——三、四、五、六、七言进行分解后再行组合，同时允许在使用各种诗歌技巧和高雅题材之余，用这种具有视觉美感和听觉美感的形式，贴近生活，贴近时代，贴近生活中的喜怒哀乐爱恶欲和应有尽有的中外生活场景，尽情书写，可高雅如古诗词，通俗如顺口溜、打油诗。

其实手枪诗可写当下生活现实种种，包括都市情绪，以拈连流水的句式、回环往复的诗句，揭示现代情感，发泄、抵达、揭秘、呼喧，以实现情理平衡、丰富性情、强心健体！

2014年8月，在安徽泾县举办的"中国首届桃花潭诗会"上，以力捧"朦胧诗"而著称诗坛的谢冕先生等，给"手枪诗"颁发了一个"网络诗歌发展奖"。2015年1月，手枪体荣获深圳首届华语诗歌颁奖盛典银奖。诚如陈仲义先生所言，手枪诗（或称新汉诗十三行体）是容易成熟的一个诗体，因为有一个对举结构、一个起承转合，捎带有适度容量——这样的格式容易流通。对举结构和起承转合，是中国哲学的宇宙观，它们超越于西方的哲学宇宙观，成为我国诗文的立命根基，必将对人类未来的文化走向和诗歌创新产生深远的影响。

目前，我通过微信平台，在国内外的微信诗歌群内发表了近200首"手枪诗"，网上"手枪诗"佳作时出。手枪诗可以变形为"二二三三四四五五六六二二六"字共13行，还可以变形为"二二三三四四五五六六三三七"字共15行，"一一二二三三四四五五六六二二六"字共15行，枪口可以朝上，也可以朝下，可以仿照十四行诗分成起承转合四个部分，或两到三个情景的并列、拼贴、剪接以及双枪、三枪、多枪并题连发等，有很多变体，可供当代诗人在充分认知我国古典诗词美学、积累古典诗词文化修养的基础上，吸收时代语言，创新意象，拓展意境，施展才华，贡献佳作，以呼应中华文化复兴的时代召唤，践行中国诗人的文化使命担当。

手枪诗押韵，恢复和发展中国诗歌诗乐联谊的一贯传统。在押韵的大前提下，手枪诗将中国数千年汉语诗歌中的主流诗体——三言体、四言体、五言体、六言体、七言体，通过微信平台，以两两对出、起承转合的方式，进行创造性的整合和转化。这种具有视觉美感和听觉美感的汉语手机体诗歌新形式，贴近生活，贴近时代，可高雅如古诗词，通俗如顺口溜。它有力地消除了现代自由诗过于自由，与大众疏离等负面因素，使得中华民族古老的诗歌文化回到群众之中，推动整个社会重新认知祖国诗歌美学，亲近传统文化，传播传统文化，创新当代诗歌文化。

手枪诗不长不短，以十三行为标杆（可以扩展为十五行、十七行等），形体起伏跌宕，讲究起承转合，回环往复，刚好填满手机屏，双枪、三枪、五枪、七枪以至九枪连体，也可以在微信手机屏页面一屏展示，从某种程度上看，手枪诗是中国文化在手机微信时代的及时发声和优美显现——五千年诗歌文化的一个华丽转身。

三、松竹体（手枪诗）的独特创意

1. 继承传统。手枪诗以手机微信屏幕上美观的形式，集中展示中国数千年来流传下来的主流诗体，是对传统文化的巧妙传承。

2. 简便快捷。楼梯、宝塔、海浪等各种为形而形的中外诗体，需要花费时间与精力在手机屏上进行反复编辑。手枪诗只要按照格律，输入诗句，不断回车，即可快速创作，快速发表。

3. 互动无限。手枪诗雅俗共赏，可以及时发送，迅速得到反馈。在节假日，可以在手机上随意创作，巧妙构思，诗歌酬唱，同时可以图配诗，诗配图、诗配、手机视频，诗配手机影视等等形式，进行跨界创意整合。

4. 广告软文。手枪诗具有大众性、娱乐性、狂欢性的诗体特征，同时又具有极其深厚的文化内涵，因此，搭载微信平台，可以迅速成为广告软文、品牌推广利器，通过和"钗那提"等品牌的联手合作证明，手枪诗可以产生自身的品牌效应，成为互联网时代的内容产品，并进一步发展成为电商平台。

四、松竹体（手枪诗）的未来展望

如何提升我国文化软实力，如何以堂堂正正的中国文化身份与西方文化对话，如何与时俱进地传播祖国的优秀文化，这些都要落实到当代炎黄子孙的文化创意之中。当今，设计已经不只是工业产品、时装、动漫设计师、平面设计师、环艺设计师和建筑设计师的专利，创意设计已经延伸到社会各个角落，只有当整个社会都行动起来，尊重创新，鼓励创新，成就创新，我们这个民族才可以焕发出史无前例的激情和智慧，实现中华民族的伟大复兴。

手枪诗挑战梨花体
——汉诗何去何从

梁云

无影掌
断魂枪
东邪西毒
美女丐帮
丈八蛇矛短
六寸手枪长
才下眉头心头
俺已出击八荒
诗歌讽咏寻常事
何惧冠名曰手枪
手枪诗
非诗余
村姑解唱白居易！

  2013年12月底，深圳大学黄永健教授通过在微信里面发布汉诗，突发灵感，创造出手枪体汉诗。因为形似手枪，简称手枪诗。黄老师多年从事散文诗理论研究及创作，出版了《中国散文诗研究——现代汉语背景下一种新文体的理论建构》《中外散文诗比较研究》，计60万言，研究创作之余，他长期苦闷于现代新诗、散文诗与大众的隔膜。2013年12月的一个晚上，为安慰患乳腺癌五年之久的发小同学而突发灵感，在手机上写出来一首诗。时过午夜，少年时代的女同学一人在病床上打吊瓶，过敏症突发的恐惧悬挂在女同学的心头，也刺痛了远在几千里之外的老同学的心。佯装镇定，女同学发来一图：冰天雪岭，暗香浮动，一女子持圩灯于荒郊断亭苦等远方的归人。因有所感，黄老师在手机屏上首得两句：

怎么写
愁死鬼

这完全是梨花体的手法，但是，仿佛神助似的，在手机屏上，又出现了两行四言诗，接着是五言、六言、七言，手机一屏快装不下了，黄老师又回归三言，最后一行：

好梦君来伴蝶飞！

就此，手枪体汉诗诞生。诗重情、理、事，仿佛天外飞来的这首手枪诗，以梨花体起首，越写越古雅流丽，本身说明了诗歌缘情绮靡、雅俗和谐的本质特性。

2014年4月10日晚7点，梨花体教主赵丽华，应深圳大学流风诗社邀请，再临深圳大学图书馆宣传梨花体及其绘画，场面依然热闹非凡。现场有同学试问三首走红的梨花体诗到底为何走红，她令人满意的答复也只有"自由"二字。

太自由，正是当代新诗也是梨花体的最大问题！
太西化，正是梨花体的卖点也是盲点！
太哲学，搞出脱离人群的笑话！

从梨花体到手枪体（手机体），是不是文化剧烈碰撞的信号，是必然，还是偶然？

手枪诗由三言、四言、五言、六言、七言传统主流诗体依次排列，同时把诗经、汉赋、唐诗、宋词、元曲各类形式囊括其中。可以说手枪体汉诗，是中国几千年的诗歌与新时代结合的产物，就如汉赋、唐诗、宋词、元曲以及梨花体一样，是时代的产物。

就如同1916年8月23日，胡适写下中国第一首白话诗《两只蝴蝶》（原题《朋友》），发表于1917年2月的《新青年》杂志。自此之后，一个不同于汉赋、不同于唐诗、不同于宋词、不同于元曲、不同于明清小说的文体开始出现，这就是中国新诗的初始。

自此中国的现代诗歌开始了她的蹒跚学步。近百年来，她经历了她所能经历的一切外在环境的磨难以及写作手法上的反复论争，新文化之初对白话诗的质疑与批判，20世纪80年代对朦胧诗的质疑与批判，包括网络时代对赵丽华诗歌的质疑与批判，以及突然冒出来的手枪体挑战梨花体，都足以说明这种现象是大家认识世界的眼光与表现手法的巨大差异性的矛盾的总爆发，是文化矛盾与社会矛盾激化到一定程度的结果，是文化转型与社会变革时期的一种现象。

手枪体汉诗一出，就引起了中国诗歌学界的热议，以中国美学群为代表的一类传统诗歌学者认为手枪体汉诗是对中国传统文化的糟蹋，应该制止。更有学者认为我可能已经走火入魔了，搞出一个世间怪物来。但是也有学者赞同手枪诗，认为这是对传统文化的创新与继承，有助于更好地推陈出新，发扬光大中国的传统诗歌。黄教授则认为："新诗歌体的出现必然会引起大部分传统诗歌学者的不满，他们肯定要批判，我感觉这是件好事，只有他们的批判，才能更好地推动手枪体汉诗的成长与发展，更好地推动手枪体汉诗在平常大众之间的传播。"

手机体汉诗

诸彪

2013年年末,深圳大学黄永健教授通过微信发布汉诗,突发灵感,创作出其称为"手枪体"的汉诗,随即用短信发给我,吾读后颇觉有味,便用黄教授诗韵试作而回复。以下便是我先后回复的4首手枪体新诗。(有关"手机体""手枪体"见后述)

2014年新年前夜,我用黄永健老师诗韵试作手机体诗第一首《过年了》。

  过年了
  花依灿
  鹏城四处
  车行蜗慢
  寒冬彻夜冷
  何惧迎风站
  都市路网如织
  灯火楼宇千万
  即有成就亦成昨
  从头再来一纸白
  如是说
  如是说
  辛苦连年似打铁

我用黄永健老师诗韵作手机体汉诗第二首《夜静思》。

  朝未想
  夜静思
  一瓢清水

万念情丝
徽墨慢慢研
素笺轻轻起
牵牛漫野绽放
红荷亭立入纸
青绿山水安吾家
汉唐马车立大国
西江月
西江月
只留画作非豪杰

手机体汉诗第三首《绘画难》作于2014年1月5日夜。

手枪体
诸彪拟
闲画闲话
自画自题
油灯亮素纸
山水颇入诗
一点一染汗水
一笔一画心迹
谁道诸氏佳构好
自认成功尚需时
绘画难
绘画难
老诸同志仍登攀

手机体诗第四首《犹似曲》作于2014年3月。

手机体
令人迷
心中诗话
写入机体

一指按发送
万人眼睁睁
诗经律句雅韵
三四五七句子
汉唐盛歌今犹在
宋词佳曲醉不死
犹似曲
犹似曲
手机传唱万千回

  2013年年末至2014年元月，陆续收到黄教授通过手机短信发来的新诗，言之为手枪体。我是画者，平时也写些诗句，或题诗，或感怀。所以他的手枪体诗，引发我的兴趣，随手在短信中用其韵试作回复，也就有了这4首手枪体诗。一来一回才知道，此体乃是黄教授突发灵感而创造出的手枪体的汉诗，意即"成诗之快"或手机屏上看状似手枪。

  黄永健教授说："手枪体汉诗，适合大众及精英书写，手机操作，即写即发，传送情感。有手机才有手枪体。手枪体说白了就是手机体，是手机时代应运而生的一种文化传播形式，实际上是一种古典新潮的新汉诗和汉语散文！"

  本人认为：既然黄教授说了"有手机才有手枪体。手枪体说白了就是手机体"，那何不就称为"手机体"呢？于诗而言少了火药味，也利于如今手机人的接受。所以我在未征得教授同意下，先用上"手机体"了。

  网上现已可搜到，手枪体汉诗创立人——深圳大学教授黄永健。

  有关手机体诗的写作要点，深圳大学黄永健教授认为："手枪体汉诗，把诗经、汉赋、唐诗、宋词、元曲各类形式囊括入诗体，还有三言、四言、五言、六言、七言传统主流诗体总括进来。"

汉诗新体
——手机体（手枪体）汉诗

子纯

手枪体汉诗，因为形似手枪，简称手枪诗，是由深圳大学黄永健（紫藤山）教授在2013年年底为安慰病榻中少年同窗而突发灵感，在手机上写出来的一首诗首创。它通俗易懂，方便大众，传送情感。手枪诗由三言、四言、五言、六言、七言传统主流诗体依次排列，同时把诗经、汉赋、唐诗、宋词、元曲各类形式囊括其中。可以说，手枪体汉诗是中国几千年的诗歌与新媒体——手机微信——结合的产物，就如汉赋、唐诗、宋词、元曲一样，是时代的产物。

手枪体汉诗，不仅仅适合社会精英书写，更适合社会大众书写，通过手机操作，即写即发，适合日常书写，抒发感情，温习古诗，抨击时弊，畅怀达意，慢慢为人理解、唱和。手枪体说白了就是手机体，是手机时代应运而生的一种文化传播形式，实际上是一种古典新潮的新汉诗！人人都可以用手枪体抒发感情！又快又美又好玩！

但是想写好手枪体汉诗也并不是一件容易的事情，写手枪体汉诗，也要注意押韵，平仄间隔，意象锻炼，换韵，最后一句是高潮句、煽情句！要有形式和诗的语感。

手枪体汉诗一出，就引起了中国诗歌学界和美学界的热议与争论，有学者认为黄永健（紫藤山）教授可能已经走火入魔了，搞得不伦不类，但是也有学者赞同教授的创新尝试，认为这是对传统文化的创新与继承，有助于更好地推陈出新，发扬光大中国的传统诗歌。黄永健教授说："伴随新兴传播手段应运而生的新诗体，必然会引起大部分传统诗歌学者的不满，他们肯定要批判，我感觉这是件好事，只有他们的批判，才能更好地推动手枪体汉诗的成长与发展，更好地推动手枪体汉诗在大众之间的传播。"

手枪体汉诗与一个中国人的理想

黄世欢　何文婷

第十届深圳文博会期间，文博会组委会特邀请"手枪体汉诗"创始人、深圳大学艺术设计学院与文化产业研究院教授、诗人黄永健先生于2014年5月31日上午10点在深圳文博会中心书城分会场北区大台阶多功能厅举办了一场名为"手枪体汉诗与一个作家的理想"的专题讲座，为广大深圳市民提供一场丰富的精神文化盛宴。

近年来，各种"新体诗歌"及"诗人"也应运而生，社会上兴起的"梨花体""羊羔体"等新体诗歌在社会大众中引起的莫大反响，无不说明了现代社会对于诗歌这一传统文化载体在新形势下的发展已经越来越重视。

在讲座正式开始前，黄永健教授特意安排了一段别开生面的暖场活动，他当场高歌一曲《草原迎宾曲》，用音乐来表达自己对于现场听众，尤其是对于一些远道而来聆听讲座的朋友的问候，高亢的歌声引来现场观众的阵阵掌声。在掌声中，黄教授开始为大家讲述了他创作手枪体汉诗的机缘。黄永健教授介绍说他在"研究创作散文诗之余，长期苦闷于现代新诗、散文诗与大众的隔膜"，2013年12月的一个晚上，为安慰一位读书时代的女同学，黄教授在微信里发布了一首汉诗，这种偶然被创作、发现并命名的汉语诗歌，因为很像一把手枪——有枪口、枪身、枪把，故名手枪体。

黄永健教授在讲座中介绍说，手枪诗起始很像梨花体，信口道来，但是越写越古雅，契合了自古以来诗歌必须缘情绮靡、雅俗和谐的本质特征。手枪诗押韵，调平仄，运用偶句、典故、拈连、回环、反复、感叹、疑问、夸张、排比甚至戏说、拼贴、蒙太奇等一切行之有效的诗歌写作技巧，亦可换韵，其原创即主体形式（另有几十种变体）由三言、四言、五言、六言、七言传统主流诗体依次排列。从手机屏上每行字数分别是"三三四四五五六六七七三三七"字，共13行纷披而下，犹如老干披松，又如高山飞瀑，看起来美观大方，连小朋友都能记住这个形式，即写即发，所谓"才下眉头心头，倏已出击八荒"，道出了诗歌与当代高科技微信平台一旦联手，威力无穷的道理。

手枪体与近年来被热议的"梨花体""羊羔体"等不同，手枪体是中国几千年的诗歌文化与新时代结合的产物。"梨花体""羊羔体"不过是进一步口语化、口水话同时也进一步西洋化的现代汉语自由诗。

创新时代，需要创新的文化，创新的语境。手枪体汉诗的出现，如同当年的梨花体一般，引起了中国诗歌学界的热议，争议和推崇一时间接踵而来，黄永健教授认为这是好事。他认为新诗歌体的出现必然会引起大部分传统诗歌学者的不满，只有批判、反批判，争议加辩论，才能更好地推动手枪体汉诗的成长与发展，更好地推动手枪体汉诗在平常大众之间的传播。

近百年来，汉诗经历了外在环境的磨难以及写作手法上的反复论争，新文化之初对白话诗的质疑与批判，20世纪80年代对朦胧诗的质疑与批判，包括网络时代对赵丽华诗歌的质疑与批判，以及突然冒出来的手枪体挑战"梨花体"和"羊羔体"，都足以说明文化必然碰撞，碰撞产生新文体、新诗体。黄教授认为身处深圳特区，在这个改革开放创新包容的前沿移民城市，手枪体的横空出世似乎是必然的，无法阻挡的。微博、微信等传播手段正改变着我们的日常生活，手枪体即写即发，适合日常书写，抒发感情，温习古诗，抨击时弊，畅怀达意，篇幅不大不小，外形美观大方，可谓雅俗共赏，与时俱进。

手枪诗的根本就在于：注重传统，扎根民间，汲取传统及当代文化精华、兼容并蓄。它是手机时代应运而生的一种文化传播形式，实际上是一种古典新潮的新汉诗、新诗体！人人都可以用手枪体抒发感情！手枪体诗歌改变了新诗，重塑汉诗诗魂，传递中华文化正能量！

在讲座中，黄永健教授向观众提出了诸如"从梨花体到手枪体（手机体），是不是文化剧烈碰撞的信号，是必然，还是偶然"等颇有深度的问题，发人深省。在热烈的互动氛围中，黄永健教授向在座的观众倾情赠送了多幅手枪体书法作品及国画。黄教授的讲述风趣幽默，所举事例皆生动鲜活，不时引起在场观众的强烈共鸣，讲座现场爆发出热烈的掌声，气氛热烈。讲座中黄永健教授儒雅的气度、渊博的学识、风趣的语言都给现场观众留下了深刻的印象。

目前，深圳正在实施文化立市战略，建设文化强市，深圳需要进一步提高文化的创新力，就需要更多像黄永健教授这样具有创新精神的知识分子，为促进深圳文化创新的繁荣贡献一份力量。

手枪体汉诗与中国梦

梁云

第十届深圳文博会期间,文博会组委会特邀请"手枪体汉诗"创始人、深圳大学艺术设计学院与文化产业研究院教授、南山区文艺评论家协会主席、诗人黄永健教授于2014年5月31日上午10点在深圳文博会中心书城分会场北区大台阶多功能厅,举办了一场名为"手枪体汉诗与一个作家的理想"的专题演讲,创新汉诗,传承国学,为广大深圳市民提供了一场精彩的文化艺术盛宴。

近年来,各种"新体诗歌"及"诗人"应运而生,社会上兴起的"梨花体""羊羔体"等新体诗歌在大众中引起的莫大反响无不说明了现代社会对于诗歌这一传统文化载体在新形势下的发展已经越来越重视。

黄永健教授指出,手枪体汉诗以形式对抗,以内容取胜,形式捍卫的是尊严,内容叙述的是灵魂。关于手枪体形式大于文本的忧虑有道理,但当代新诗的泛自由化也是大问题,手枪诗在诗体的规范和传承中华智慧方面有力地校正视听,显豁汉诗身份。事实是,诗教传统可以恢复,但必须改变新诗,刱化汉诗!

也有网友评说(引自石兰涛评说):手枪诗(手机体新汉诗)允许有部分非议的人,但人类特有的情感都是依托诗歌发挥心意的,"手机体"没有使人类的特质"断层"而与时俱进地"接续"人类文明。"人诗意地栖息在地球上借助新媒体和外脑(手机),从而显示人有尊严和品质的生活!"

创新时代,需要文化的创新,创新的语境,决定了手枪体和梨花体以及羊羔体的出现,成为人们热议的话题。手枪体汉诗的出现,如同当年的梨花体一般,引起了中国诗歌学界的热议,争议和推崇一时间接踵而来,黄永健教授认为这是好事,他认为新诗歌体的出现必然会引起大部分传统诗歌学者的不满,只有批判、反批判,争议加辩论,才能更好地推动手枪体汉诗传播。

黄教授认为手枪诗的出现绝非偶然,而是21世纪文化深层碰撞的火花迸放!身处深圳特区,在这个改革开放创新包容的前沿移民城市,手枪体的横空出世似乎是必然的，也是无法阻挡的。

手枪诗的根本就在于：注重传统，扎根民间，汲取传统及当代文化精华，兼容并蓄。它是手机时代应运而生的一种文化传播火种，实际上是一种古典新潮的新汉诗、新诗体！人人都可以用手枪体抒发感情！手枪诗歌改变了新诗，重塑汉诗诗魂，传递中华正能量！

在讲座中，黄永健教授向观众提出了诸如"从梨花体到手枪体（手机体），是必然，还是偶然"等颇有深度的问题，发人深省。活动现场气氛热烈。

目前，深圳正在实施文化立市战略，建设文化强市，深圳需要进一步提高文化的创新力，就需要像黄永健教授这样具有创新精神的知识分子，为促进深圳文化创新的繁荣贡献一份力量。

手枪诗（松竹体新汉诗）创新引论

黄永健

一、手枪诗（松竹体新汉诗）缘起

无影掌
断魂枪
东邪西毒
美女丐帮
丈八蛇矛短
六寸手枪长
才下眉头心头
倏已出击八荒
诗歌讽咏寻常事
何惧冠名曰手枪
手枪诗
非诗余
村姑解唱白居易！

2014年4月10日晚7点，梨花体教主赵丽华，应深圳大学流风诗社邀请，再临深圳大学图书馆演讲梨花体，场面热闹非凡，有同学请赵老师谈谈对于手枪体的看法，赵丽华的态度："现代诗没有老爸。"言外之意，中国现代诗的爸爸是西方这个"干爹"，但是，她认为诗体的探索是值得尊重的行为。从她的新书《一个人来到田纳西》的前言所发表的理念来看，她是自始至终都是只认干爹不认亲爹的，所言必举西方诗现代派诗人。现场有同学试问三首走红的梨花诗到底为何走红，她令人满意的答复也只有"自由"二字，试看：

一个人来到田纳西

    毫无疑问
    我做的馅饼
    是全天下
    最好吃的

    网上的评价：这是首很好的乡愁诗！想要了解它的好，有一个比较简便的方法，就是寻找诗眼。诗眼是什么呢？个人觉得既不是"毫无疑问"，也不是"馅饼"，而是"天下"。"天下"这个词，给人的第一感觉是古文里的中国，但诗人来到了田纳西，对于当时的她来说，"天下"就是车水马龙的美国社会，以"天下"来代指美国，既合理又有断裂感，一种很深很深的乡愁就埋藏在这种矛盾里。以"天下"为诗眼，一首绝妙的乡愁诗就这样自己长成了。

    事实上，当诗人找到"天下"这个支撑点的时候，诗已经呼之欲出了，诗人只需要像摘果子一样把诗摘下来，放入自己的篮子里便可以。她不需要像靠语言取胜的诗人一样去冥思苦想每个句子，她想表达的只是某种早已烂熟于胸的感情——人人皆有，却仅有诗人写出。这种写法，是相当高明的写法：攻其一点，一击致命。这种诗乍一读会觉得味同嚼蜡，呵呵，那是因为诗眼隐蔽得太好了，但你只要设身处地仔细品味一下，立刻会被诗的浓烈意境笼罩。当时赵丽华说，将馅饼改成"汤圆""米豆腐""热狗"等等，那么一手梨花体可以生成 N 首佳作。

    尽管赵丽华的观点引起网上热议，有上百万人追风，但是，正如她的老师们——庞德、威廉姆斯等当年在美国的风靡一时一样，风光一阵便渐显颓势。诗歌包括其他任何艺术形式到了纯粹摆弄理念的程度，就不太行了。到了"文化中国"呼之欲出的 21 世纪 20 年代，梨花体、羊羔体包括将它们推上历史风口浪尖的整个 20 世纪现代汉语新诗，必须成为我们审视和反思的对象。

    1916 年 8 月 23 日，胡适写下中国第一首白话诗《两只蝴蝶》（原题《朋友》），发表于 1917 年 2 月的《新青年》杂志。这就是中国新诗的初始。

    近百年来，中国新诗经历了多次学术论争，到今天学术界不得不重新讨论新诗的"二次革命"和"三大重建"——诗歌精神重建、诗体重建和诗歌传播方式重建。正如吕进先生所指出的那样，新诗的第一次革命是爆破，当下的新诗二次革命是重建——重建中华诗歌的固定形式、重建中华诗歌的审美风范、重建中华诗歌的传播方式。① 虽然"重建"与"革命"的含义不尽相同甚或相反，我们理解的当代新诗"二次革命"是极而言之的言说方式，但当代新诗的审美定式、无边界放任和远离读者，已经到了忍无可忍的地步，要动摇其根基，突破其将近一百年来所建立的审美标准和写作范式，通过"三大重建"达到现代汉语新诗的创化和新生，这无疑类似于一场革命。众所周知，老传统壁垒森严，可是有时候新传统也森严壁垒，新诗在文化中国时代的审美理念去魅、诗体建设和写作、传播方式更新，就其必然遭遇的误解和阻力来说，不啻一场"革命"。

在这场"革命"中，诗体重建是当前汉诗学界的又一热门话题，全世界的华文诗歌界都在热烈讨论。

纵观新诗的世纪演化历程，刘半农、郭沫若、闻一多、何其芳包括试图以外来十四行诗固定汉诗形态的冯至等现代著名诗人都在诗体重建上做出了巨大的努力。但是，正如吕进先生所指出的那样，新诗的诗体重建在20世纪的进展比较缓慢，毛泽东的"迄无成功"说，也当指诗体重建。

近百年的新诗危机，从诗体看，也主要是自由诗的危机——太自由，正是当代新诗也是梨花体、羊羔体的最大问题！太西化，正是梨花体的卖点也是盲点！太哲学，搞出脱离人群的笑话！无论哪个民族的诗歌，格律体总是主流诗体，如英美十四行诗，日本的和歌和俳句，越南的六八体和双七六八体等，中国诗歌史上主要以三言、四言、五言、七言诗歌为主流。六言诗不及三言、四言、五言、七言诗广泛，但是骈赋、元曲中六言诗句比比皆是。中国诗歌一直以格律形式代代相传，那是汉语和汉字本身的逻辑使然，更是中国文化要义中诸如"阴阳""流变""轮回""和谐""中庸"等价值观念的形态化身。美国意象派另一代表人物洛厄尔认为："这些我们称为汉字的奇妙的笔画组合实际上是完整思想的图画式表现。复杂的汉字不是自然而然地组成的，它们是由简单的汉字组成的，每一个汉字都有其意义和用法。把这些汉字组合在一起的时候，每一个字都对整个汉字的音或意起到作用。……因此，要了解一首诗中的全部意图，就必须懂得分析汉字的结构，这一点是十分清楚的。"② 今天的新诗作者试问有几人明白这个道理或思考过这个问题？只是到了近代，在西方话语的强

---

① 吕进. 三大重建：新诗，二次革命与再次复兴 [J]. 西南师范大学学报，2005（1）：130-135. 吕进先生在这篇文章中提出的观点，无意成为当代"手枪体新汉诗"创新的理论起点。

② 李平. 西方人眼中的东方文学艺术 [M]. 上海：上海教育出版社，2004：185-186.

力同化过程中，经由知识精英自上而下的"启蒙""灌输"，自由诗登上了历史的舞台。严格地说，自由诗只是汉诗历史长河中的一条支流，这条支流融会中西，实际上是"西体中用"，到今天因为过于西化，源头缺水几至枯水断流，它必须再次一头扎进汉诗的历史主流中，调整方向，强健流体，起死回生。种种迹象表明，现代格律诗才是汉诗诗坛的主要诗体。①

手枪诗（松竹体新汉诗）依托手机微信平台始创、传播、互动、扩散、定名，一问世就引起了中国诗歌和美学界的热议，以网上"美学群"为代表的一类传统诗歌学者认为手枪体汉诗是对中国传统文化的糟蹋，应该予以制止。但是更多的学者赞同手枪诗，认为这是对传统文化的继承与创新。韩国汉学家、诗人许世旭教授指出："中国诗人，必须立足中国！""一个人面临歧途，只有回顾既往的路，才能正确地摸索该走的路，也就是继往开来；中国本身有辉煌悠久的诗史，传承之间，更应如此。"②

二、手枪诗的创新道路

反思新诗走过的道路，我们认为吕进先生提出的"二次革命"观点和"三大重建"路径，虽然不免激进，却是直面汉诗困境，痛下针砭之"良言"和"良药"。新诗走过近百年的演变历程，在人类诗歌史和中国文学史的视界之内，它可以被看成中华主流诗体在近代以来西方文化和西方诗歌的强力同化过程中，因文化激变而形成的一种"汉诗变体"。在如今中华文化不断强化自身的新世纪话语环境之下，这种过多承载西方文化理念、过于自由、过于知识分子化的"汉诗变体"，即使在西方人看来，也是一种丢魂失魄的"盆栽"和"假花"，毕竟过于脱离母体文化的主脉，以至在国内和国外遭遇双重尴尬。举几个例子，当代著名新诗作者于坚甚至将他的诗作命名为《作品111号》，这完全是抽象化的西方乐曲的命名方式；而获得第五届鲁迅文学奖的车延高被指不停地按下回车键写作新诗，其作品被戏称为"羊羔体"；近年来网上热议的"梨花体"，不过是汉诗西化特别是美国化的极端的案例而已。"一只蚂蚁，一群蚂蚁，也许还有更多的蚂蚁"，更像是美国意象派诗歌的汉语翻版，须知意象派深受中国古典诗歌和东方禅学的影响，这种出口转内销的诗体，岂能凭借其高度抽象的思想——所谓哲理，与当下的生活打成一片？"羊羔体"不过是进一步口语化、口

---

① 吕进. 三大重建：新诗，二次革命与再次复兴［J］. 西南师范大学学报，2005（1）：130-135.
② 罗四鸰. 新诗二次革命引发争议［EB/OL］. 人民网，2005-08-13.

水话同时也进一步西洋化的现代汉语自由诗。

在中国诗歌发展史上,"以乐从诗"(上古汉代)、"采诗入乐"(汉代至六朝)和"依声填词"(隋唐以降)构成了一条风景线。后来诗与音乐逐渐分离。这种分离以新诗的出现为极致。但是,新诗离开了音乐,给自己带来很大的局限性。所以恢复和发展诗乐联谊,是新诗传播方式重建的重要使命。①

手枪诗押韵,恢复和发展诗乐联谊,这是非常重要的,现代新诗渐行渐远,其中最主要的原因是难以朗诵和记忆,现代新诗名作《再别康桥》《采莲曲》《雨巷》《死水》《乡愁》等取得成功的要诀是押韵,所以古人不韵非诗绝不是空穴来风。在押韵的大前提下,手枪诗将中国数千年汉语诗歌中的主流诗体——三言、四言、五言、六言、七言进行分解后再行组合,同时允许在使用各种诗歌技巧之余,使用高雅题材之余,用这种具有视觉美感和听觉美感的形式,贴近生活,贴近时代,贴近生活中的喜怒哀乐爱恶欲和应有尽有的中外生活场景,尽情书写,可高雅如古诗词,通俗如顺口溜、打油诗。如:

大街长
窄巷深
红尘十丈
地老天昏
毕巴复毕巴
三条碰五饼
歌堂舞榭歌火
麻牌人气陡升
渔家傲
沁园春
穷穷富富城中村!

这首手枪诗有感于如今都市城中村乱象,即兴而作,具有强烈的写实主义精神,在手机微信平台发表后,有很高点击率。诗歌合为时而作,当年白乐天的诗作走的是雅俗共赏的群众路线,现代汉语诗歌没有理由高吊胃口,甚至毫无理由地蔑视大众,在那儿自言自语沾沾自喜地"纯诗"一番。手枪诗原创形

---

① 吕进. 三大重建:新诗,二次革命与再次复兴[J]. 西南师范大学学报,2005(1):130-135.

式为每行字数"三三四四五五六六七七三三七"字共 13 行,但是考虑到我国古代并有二言诗(《断竹》),可以变形为每行字数"二二三三四四五五六六二二六"字共 13 行,还可以变形为每行字数"二二三三四四五五六六三三七"字共 15 行,"一一二二三三四四五五六六二二六"字共 15 行,枪口可以朝上,也可以朝下,可以仿照十四行诗分成起承转合四个部分,或两到三个情景的并列、拼贴、剪接(双枪、三枪并题连发)等,所以有很多变体,可供当代诗人在学习我国古典诗词美学基础上,吸收时代语词、语感,创新意象,拓展意境,施展才华,贡献佳作。如以二言诗起首:

鼓点
直击
涛声远
万人立
龙的传人
吴风楚俗
还之以魂魄
唱彻兮九歌
雄黄酒何处觅
白娘子昆仑月
兰溪
年少
赤足欢度五月节!

如果在节日里,诗人和大众都能用这种诗体结合自己的亲身感受,以手枪诗相互祝福,传情达意,比起互道恭喜发财,例行恭维,那要有文化多了。通过新的传媒,手机互动,在和风细雨中,我国诗歌精神和中华诗歌正能量,又会重新回到人间,并有力地抵消外来低俗文化、功利文化和流行文化的不良影响,引导年轻人认知祖国文明,温习传统文化,拓宽创新思路。

腾讯 QQ、微博、微信等传播手段正改变着我们的日常生活,手枪体通过手机操作,即写即发,适合日常书写,抒发感情,温习古诗,抨击时弊,畅怀达意,篇幅不大不小,外形美观大方。它有格式可循,生机盎然,慢慢为大众接受。有人认为手枪体说白了就是手机体,是手机时代应运而生的一种文化传播形式,实际上它是一种古典新潮的新汉诗、新诗体!

三、余论

有网友指出手枪诗古已有之，白居易有首《一七令·诗》，将一言、二言至七言依次排列，称为一七令，后成为固定的词牌名，其形如下：

诗
绮美
瑰丽
明月夜
落花时
能助欢笑
亦别伤离
调清金石怨
吟苦鬼神悲
天下只应我爱
世间唯有君知
自从都尉别苏句
便到司空送别词

白居易时代，没有手机微信，他与一班诗友完全是就着我国历代主流诗体，通过对句的方式，考校才能，这种"宝塔体"虽然暗含着中国当时已经传承下来的主流诗体的用意，但是从创作传播角度来看，并不具优势。同时，这个一七令诗体，结构上欠缺回护——回环往复——之美，形式堆砌，没有起伏跌宕之势。从完形心理学（格式塔心理学）角度来看，这个诗体并未完形——形成一个完整的形体，是未完成的残缺之形。我们完全有理由认为，假如在唐代，人人使用手机传情达意互通无间，那么，古人或许早就创设了如今的手枪诗。手枪诗不长不短（十三行到十七行），形体起伏跌宕，讲究起承转合，回环往复，刚好填满手机屏（更长至于双枪、三枪并题连发除外），如果从文化演化的逻辑立场上来看，这个带有传奇般发生学故事的新诗体，是手机时代中国五千年文化道统和诗歌学统，按照汉语和汉诗的演变逻辑，在手机微信时代的及时发声和优美显现——五千年诗歌文化的一个华丽转身。

手枪诗又绝不雷同于楼梯、宝塔、海浪、回文、藏头等各种为形而形的中外诗体，它的形式饱含中华文化之道、汉语诗歌智慧以及外来文化和现代科技的积极干预。它的文化积淀、文化转化和文化创新性质,与为形而形的文字游戏决不可同日而语,手枪诗是文化中国到来之际的诗魂觉醒,是诗的邂逅、诗艺的整合以及手机微信时代互动创意的结果。①

---

① 梨花体借助微博横空出世,短短数年后,手枪诗借助手机微信,优美出世。手枪体挑战梨花体,或可看作中西文化巨大差异性的矛盾的总爆发,是文化矛盾与社会矛盾激化到一定程度的结果,是文化转型与中国文化华丽转身的一个强烈信号。

微信时代的"手枪诗"

唐诗

多年来一直从事散文诗理论研究及创作，一次偶然的思想火花让他创作出"手枪体"汉诗，并在"首届中国桃花潭诗会"上获得"网络发展创新奖"。近日，深圳大学教授黄永健做客文化茶座，与宝安读者分享他对现代诗写作、发表、传播等方面的见解。

一、"手枪体"诗歌的诞生

出版了《深港散文诗初探》《中国散文诗研究》等多部著作的黄永健在研究与创作之余，很想在现代新诗与大众之间找到一条新的出路。2013年12月的一个晚上，他的一位发小通过微信给他发来一张图：在冰天雪地里，四周昏暗，一位女子持灯站立于荒郊的一处凉亭边，像在默默等待远方的归人。得知发小的丈夫身在国外，她一人在病房里输液，黄永健很想安慰她，便即兴写了两行三言诗发给她，后又续写了两行四言、两行五言、两行六言、两行七言，最后是两行三言和一行七言。随后，他把整首诗合起来发给这位发小：

怎么写
愁死鬼
手执圩灯
伊人等谁
终南积雪后
人比清风美
古今聚少离多
长恨望穿秋水
知音一去几渺香
暗香黄昏浮云堆

> 不如归
>
> 不如归
>
> 好梦君来伴蝶飞！

远在合肥医院里输液的这位发小看到这首诗后，问黄永健这是什么体的诗歌。黄永健看着手机屏幕，脱口而出三个字——"手枪体"。这位同样研究新诗的发小非常认可黄永健的创新。就此，"手枪体"新汉诗诞生。

其实，黄永健给自己创造的诗歌体命名，并不是随口说说。"手枪体"诗歌外形排列很像一把手枪，有枪口、枪身、枪把。同时，它又酷似长松披竹，松枝竹竿合为一体，因此后来又被称作"松竹体"新汉诗。

黄永健说，与大多数"西化"汉诗的区别是，他的"手枪体"诗歌更加重视理、事、情，以"梨花体"写法起首，越写越古雅流丽，具有雅俗共赏的特性。此外，"手枪诗"注意押韵、平仄间隔、换韵，有一定的形式和规则，展现了改变新诗、重塑汉诗诗魂、传递中华文化真性情和正能量的鲜明特点。

在黄永健看来，诗歌太自由是当代新诗最大的问题，太西化则是一部分流行诗歌的卖点和盲点，而哲学性太强的诗歌不接地气，让人很难理解。黄永健创造的"手枪诗"由三言、四言、五言、六言、七言传统主流诗体依次排列，把诗经、汉赋、唐诗、宋词、元曲各类形式囊括其中。

二、"手枪诗"贴近生活和时代

1916年8月，胡适写下中国第一首白话诗《两只蝴蝶》，发表于1917年2月的《新青年》杂志。中国的现代诗歌开始了蹒跚学步。纵观新诗的世纪演化历程，刘半农、郭沫若、闻一多，包括试图以十四行诗固定汉诗形态的冯至等现代著名诗人都在诗体重建上做出了巨大努力。但是，新诗的诗体重建在20世纪的进展仍然比较缓慢。

黄永健将现代新诗"渐行渐远"的原因归咎于其普遍难以朗诵和记忆，而现代新诗名作《再别康桥》《采莲曲》《雨巷》《死水》《乡愁》等成功的要诀就是押韵，契合了古代"无韵非诗"的说法。在押韵的大前提下，"手枪诗"将中国数千年汉语诗歌中的主流诗体——三言、四言、五言、六言、七言进行分解后再组合，同时允许在使用各种诗歌创作技巧、高雅题材之余，采用具有视觉美感和听觉美感的形式展示，既贴近生活，又贴近时代，抒写喜怒哀乐爱恶欲和应有尽有的中外生活场景，既可以高雅如古诗词，也可以通俗如顺口溜、打油诗。

三、"手枪诗"遭遇审美论战

"手枪诗"依托手机微信平台始创,从命名、传播、互动、扩散,一问世就引起了中国诗歌学界和美学界的热议。以网上"美学群"为代表的一类传统诗歌学者认为这种类型的诗是对中国传统文化的糟蹋,应该制止。同时,也有学者赞同"手枪诗",认为它是对传统文化的继承与创新,有助于更好地推陈出新,发扬光大中国的传统诗歌。

黄永健对网络上的各类声音报以淡然的态度,他认为新诗歌体的出现必然会引起大部分传统诗歌学者的不满,他们肯定要批判,这是好事,也才能更好地推动"手枪体"汉诗的成长与发展,更好地促进"手枪体"汉诗在大众之间传播。

对"手枪诗"的传播,黄永健显得很有信心:"在节日里,诗人和普通百姓都能用这种诗体结合自己的亲身感受,互相祝福,传情达意,比起说恭喜发财,例行恭维要有内涵得多。"他希望通过新的媒介,如网络、手机互动的方式来展示我国诗歌的精髓,并有力地抵消外来恶俗、功利、流行文化的不良影响,回归自然、广接地气,引导诗歌爱好者尊重传统文化,拓宽创新思维。此外,"手枪体"有格式可循,生机盎然,渐渐为众人所理解、唱和。有人认为"手枪体"说白了就是"手机体",是手机时代应运而生的一种文化传播形式,人人可以用"手枪体"抒发感情。

"手枪诗"两首

写给玉林"食狗节"
悲乎心
食狗节
人兽剖判
瞬间岁月
小鸟依人乎
田田桑间雀
众生本一命
轮回无间歇
无生无生无生偈
玉林玉林无作孽

人之初

性本善

人间无须食肉节！

汉诗十三行 中秋（三枪连体）

中秋

东坡

月吟

窈窕兮

孤冰轮

月出皎兮

东山美人

君不见西洲

抚栏杆拍遍

乃六朝之急管

旋宋家之繁弦

九天月明

月在中天的时辰

月吟

东坡

千载下

共绸缪

一曲大江

千古风流

是圆的智慧

在诗的兰舟

月圆人圆天圆

潮起潮落潮收

岭南

望乡

千古不灭的惆怅

望月

焚香

风九渡

愿贞祥

劳心悄兮

绮靡华章

驿传的素笺

点飞的诗枪

今宵万户共庆

一城明月清光

举杯

邀饮

江河到海久长!

"手枪体"抑或"十三行体"?
——陈仲义&黄永健仙女山"论枪"实录

黄永健　陈仲义

按语：华山顶上黄药师（东邪）、欧阳锋（西毒）、段智兴（南帝）、洪七公（北丐）、王重阳（中神通）五人斗了七天七夜，争夺《九阴真经》。最终王重阳击败四人获胜。金庸的寓意——中国原创文化完胜四夷。手枪诗问世，引发网络大战，颇似一二。2014年10月15日晚，手枪诗创始人紫藤山（黄永健），于武隆仙女山巅，路遇新诗研究者陈仲义，一番论争，时寒流袭门，乌江咆哮……

笃笃笃（敲门声）
黄永健：请进！
陈仲义：谢谢。你是黄永健？不好意思，我是陈仲义。
黄永健：贵客光临，很荣幸。请坐。
陈仲义：好的，我不在你们的分会场，不了解情况，你们讨论的结果如何？
黄永健：第一分会场讨论主题是"新诗的二次革命"，出现了好几个新诗的创体，我提交了论文"对新诗二次革命的回应——手枪诗（松竹体新汉诗）创新引论"，引起了较大的关注。
陈仲义：哈哈，明天就要回厦门了，刚才我在和舒婷收拾行李，翻到了这篇文章，突然冒出不少想法，特意打电话想跟你细聊一下，电话没打通，没想到你的电话就来了。缘分！缘分！
黄永健：我让学生为你泡茶。
陈仲义：谢谢。今天晚上的谈话可能较为重要，你让学生录音，回去整理出来。
黄永健：我想会是的。（郝云慧手机录音准备）
陈仲义：手枪诗一听就令人不快，好像与诗歌不大对路，看了论文，知道不是那么简单,揭开了很多问题啊。

黄永健:它还有一个名字——松竹体!松竹是中华文化和中国文明的象征,这是一个新生事物,是手机微信催生出来的一个新诗体,没有微信,就没有这个手枪诗的发生平台。

陈仲义:我看到这个手枪诗的几个作品,它主要以对仗、起承转合将诗句串联起来,视觉整齐,朗朗上口,有汉诗的明显痕迹贯穿其中。

黄永健:手枪诗将中国数千年的主流诗体——三言、四言、五言、六言、七言诗按照对仗、押韵、调平仄、起承转合等方式,专为"手机一族"的阅读效果而制定,有人称之为"手机体新汉诗"。一首手枪诗可写一事、一理、一情,或一首诗事、理、情皆包,一气呵成,在诗歌创作、发表、传播和评论都已经发生突变的读屏时代,以"快、准、雅、美"取胜。

陈仲义:但是相对自由诗而言,分量(长度)较小。

黄永健:陈老师,目前我们已经在单枪的基础上,创制了二、三、四、五、六、七、八、九枪连体的样式,其分量绝不弱于自由新诗啊。

陈仲义:啊,还有这个变化啊。写大题目,带有叙事性,必须要有一定的容量。

黄永健:所以手枪诗发展下去可以成为一个划时代的诗体,它具备了基本体式和众多可能的变体(亚体)。

陈仲义:哦,有很多变体吗?有多少个体式呢?双枪不是分开的,它要写一个主题,一个情境,合为一个意境,或许把那个长度再翻两倍就行了。

黄永健:是,翻两倍、三倍、四倍,这样往下翻,你算一下,这就有好多了。我们就是一枪,然后两枪,一直到九枪的话,这就有 10 种变体了。

陈仲义:要照这个,我马上就要跟你商讨了,这个不能叫作变体。你固定这个体式,比如说 13 行,你就等于这个 13 行的 N 倍。你这个只能算是第二组、第三组、第四组,我是这样看的。

黄永健:这样看也可以。

陈仲义:这样的第二组、第三组、第四组,只能算原体的"扩展版",严格意义上不能称为变体,变体是一个变奏的问题。

黄永健:对,本质上讲是这样。

陈仲义:我现在要问的问题是,你这样限制了一个情境,无形中就把你这个体变成了 100 多体,所以我有点怀疑,你要把这些全部删掉,不要乘 2、乘 3、乘 4,不要一组一组连下去,就是说你基本的到底有多少体?

黄永健:首行 2 个字一个体,3 个字一个体,4 个字一个体,再往后写不行了，那就不像手枪了。

陈仲义：你就不要局限于手枪形状，你为什么一定要"这一个"手枪形式呢？

黄永健：它主要的是继承中国古代主流诗体，超过7个字的话，就跟中国古代传统的诗体不同。

陈仲义：我的意思是说，你或用4个字作为起句，或5字放第一句，或6字第二句，或7字第三句，然后你往7字以后，就不要超过7字了。再开始变，这样就能够形成"有限的多体"。

黄永健：这个也可以，但是这样的话看起来不整齐。

陈仲义：不要整齐，你如果这样，你的基本体并不多。你可以首行2个字，最多可到4个字。

黄永健：那就是9种体，3字朝上朝下2体，2字枪口朝下2体，4字朝上朝下2体，共6体，再加上这三种体的对写（背对背），共9种体。但是9种体的话，现在网上有人提出这个问题。我们的押韵、平仄是宽泛的，可以做三枪连体，写一个大的题目。所以我认为两枪连体、三枪连体，它绝对是另外一种体。

陈仲义：那你应该把两枪连体、三枪连体，一直到六枪连体都算成一体，就是这个东西的扩展型。你要把这些东西全部包容在里面，你可能有七八十种的扩展型。其实，所有讨论的"组""连体"，都可以看成连续的"阕"。

黄永健：对，或者说是手枪诗的亚类。你选上我们两个字开头的，也有二枪、三枪，另外还有一种变体，宋词分上下两阕，因为现代诗讲究拼贴、蒙太奇，我们也可以把现代诗的这种技巧放到单独的一个"手枪"里面去，前面的7行或者6行写一个事情或者一个情境，后面的6行或者7行写另外一个情境，然后让上下两个部分形成一个对比关系，这个也可以。就是说在这个"枪"里面，前半部分写一个事情，后半部分写一个事情，然后形成对照。或者最后3行写另外一件事情，然后换韵，所以这个体是非常多的。你这样算的话，这个体就很多了。

陈仲义：我不大赞成你扩大到那100多体。无限膨胀不好。

黄永健：是亚体。

陈仲义：这是第一个意见。然后你的基本形态，比如说8组，我的倾向是把2—9组作为它的扩展型，只做成一个体，因为它只是"这一个"基本形态的长度的延伸而已，性质根本没有变化，只是把"这一个"长度扩大，当然容量随之增大。

黄永健：写宏大的题材应该要用这个东西来写。

陈仲义：你写宏大的问题，就从"第二组"（或第二阕）展开，开始就可以宏大了，然后逐渐往下扩展，但是"体"的本质上没有变化，只是你的容量增大。我建议你把这些2—9组（两枪连体至九枪连体）的所谓连体搞成一体就行了，不要太烦琐，因为要推广，不能太烦琐。

第三个问题。所有的结构，我考虑到这样的诗体有两个基本面，你实际上整个是建立了一个中国古典诗词的对举结构，来构成它的结构，这是一个。第二个，你这个结构，我这里看了一下，觉得不管从流行的方向看，还是从隐蔽的方向看，基本上还是围绕着起承转合。

黄永健：对，网上有人说白居易已经创造了这个体（指一七体），但是白居易没有起承转合，手枪诗最后三行回应开首，而中国哲学、中国的书画、中国的作文观，一定要有个起承转合。

陈仲义：我觉得中国古典文化精髓有两个：一是对举结构，就是对偶、对仗，以字为表意单位，构成最有特色的中国文化特征，所以那些个楹联才这么发达，现在对联千家万户在用，一看都知道，多么深入人心的；二是永远逃不掉的"起承转合"。这两个结构是太稳定了。

黄永健：而且这种起承转合是中国哲学超越西方哲学的地方。

陈仲义：有这两个结构，就构成你诗体最牢靠的基础，我想是可以成立的。接下来在表现形态、类型方面怎么进一步完善。然后还有问题要协商。因为我也只看到你这一首而已，我也不知道你其他的创作，你大概总共写了多少首？

黄永健：我现在创作的有200首，加上网上网友的作品有四五百首。

陈仲义：但我估计你的"起"一般会简单，在"承"的部分，扩展性的会比较多，然后"转"与"合"可能是最难的。

黄永健：对，转的部分在第11、12行，合在最后一行，第十三行。

陈仲义：得研究一个基本格局，比如说你把十三行分成四个区域（四阶段），可能在某个区域某个阶段，比如第一个区域为什么起头最多两字句。

黄永健：而且起头我要求的就是很简单，不要绞尽脑汁，"起"的时候很简单，"承"就非常重要了，特别是"转"和"合"是最难的。这是我创作的体验。

陈仲义："起"就是随便一个契机，就是开关这样拨一下；"承"也容易，它四通八达，到处都可以通，正向、横向、侧向、逆向都可以；体现一个诗人特点的就是那个转折，你的鬼点子就在那个转折，就在那个逆转上。

黄永健：特别是他们提出来最后一句就好像小说一样，它的高潮句、煽情句，也是你的才华最有力爆发的地方，跟前面形成一个有力的回应。

陈仲义：在古典诗歌的收尾，古人今人都研究了，太多方法了，有几十种方法。

黄永健：对，七律也讲究一个起承转合。白居易的一七令没有转，也没有合，所以后来在网上有争论，有人说，1500年前白居易有一七令，他是一二三四五六七一路排下来。网上的争论已经可以写成一本书了。

陈仲义：你这个争论什么时候开始的？

黄永健：从去年12月我创立这个诗体开始，一直到现在都没有停止，现在网上还有人骂我。现在看来可分为三种人，一种人是不懂，包括我们这里面开会的人也有，还有的人不懂装懂，还有的就是懂了，但是比较郁闷，他们觉得这个发现比较有意义，为什么没有被我发现。

陈仲义：再继续究细下去，可能还有几个问题。这样的排列形式，你要找出它的必然性。必然性在什么地方？为什么你的第一句要三个字，接下来必须四个字，再接下来必须五个字，有没有它的必然性？你对这个问题有没有写过文章？这个问题必须正面回答。有没有思考过？

黄永健：我是这样考虑的：以前我写了很多古体诗，对中国传统文化有感情，它就是一个自然排列下来的。排列下来以后，我同学问这是什么？我说这是手枪体，它在很多时候是无规律的合规律。但是你问为什么这样搞，我也在考虑中，很多理论问题我还没有厘清，你问的问题比较高深，这个必须从哲学上，从中国哲学本身，结合中国诗学和美学来回答。

陈仲义：我觉得这也是一个关键问题，你要站得住脚，你必须回答。我也可以提出，先二言，然后跳到七言，再回到五言，再六言，为什么不可以这样呢？

黄永健：因为宋词早就叫长短句，那你那样弄就成宋词了。

陈仲义：那我再继续追问下去，在本质上，难道你不是宋词词牌范畴内再增加的一种词牌吗？

黄永健：是有人这样说过，但是从来没有哪一种宋词词牌有意地把中国传统的主流诗体，经过这样的变换。它这个正好适合手机屏，它是一个时代的产物，刚好适合手机屏，它是含有一种创意在里面的。

陈仲义：你的创意就是把所有非常稳定的六种格式（二三四五六七言），做循序渐进的展现。

黄永健：因为我们现在都用手机，按照吕进讲的三大"革命"：第一大"革命"就是诗体要创新，第二大"革命"就是创作要创新，第三大"革命"就是展现方式要创新。

陈仲义：你这个解释可以解释通，就是前面那个问题还要再深入一下，就是那个是不是必然性的。还有一个必然性的问题，就在第11、12、13行，你为什么必须用三言？四言可以吗？

黄永健：因为中国诗歌首先讲究一种回环往复，而且我们这个三言，是有意地对前面进行呼应，这里用三言，实际上是用了诗体里面重复的方法，构成了对前面的一个回应，在诗歌的视觉上或者听觉上讲，它形成了一种回应美和整齐美。用四言的话绝对体现不出来。

陈仲义：这个可以成立。那就是说如果开头那个要二言，尾部呼应最好也用二言。如果开头是四言，后面最好也是四言。你这个回应有说服力，这个就到点了。我现在就希望有这样的说服力，我就希望你拿出这样的说服力。

黄永健：陈老师，我在网上已经争论了十多个月了，各种各样刁难的问题都有，可以出一本书了。这次来参会，我可以斗胆地讲，而且也可以负责任地讲，我这个诗体完全是吕进先生希望出现的那个东西，就是他心目中想出现的那个东西。但是这个东西我没来得及和他讲，我跟他拍了个合影，他就走了。

陈仲义：你有没有关注北京那边的散文诗，《我们》散文诗群？

黄永健：那一批专家我都很熟，去年《诗探索》发了我的一篇论文，叫《欧美散文诗理论研究概况》，我前年出了一本书叫《中外散文诗比较研究》，应该是目前我们国家散文诗理论界比较文学的第一本专著。我长期搞理论研究，又搞创作，本身我对外国诗也非常清楚，所以发现这个诗体不是偶然的，而且我最近在做一个国家课题，叫"艺术在中华文化复兴中的建构作用"，中华文化怎么复兴？你说艺术要帮它，那么诗歌是不是？诗歌当然是艺术，现在中国诗写成这样，写成梨花体，把老外笑死了，把中国老百姓笑死了。所以我一开始拿出去，就是跟梨花体碰，第一次是4月10日跟赵丽华在深大碰撞，现在你在网上可以看一篇文章叫"手枪诗挑战梨花体"。

陈仲义：你这个命名还可以再考虑一下。

黄永健：最后还是吵得一塌糊涂。

陈仲义：我就说为什么字数必须要固定？

黄永健：对，一定要固定。你字数不固定的话，整个形式就没办法固定。我这个字数实际上没固定，如果二枪连体、三枪连体，更没有办法固定。

陈仲义：这个固定不固定，我觉得主要类型固定就可以了，不要强求所有的都要固定。

黄永健：我这个一定要强求每一首字数都是固定的。

陈仲义：你这个体是可以这样做的，那些个小诗体和其他诗体倒不一定要求固定。

黄永健：它也可以作为一种诗体，但是我觉得现在因为这个诗歌，中国文化要为自己的身份确立位置，这是当务之急，现在必须要整出一个诗体，明显地能继承传统，同时又有非常严格的形式标准。因为这个诗体可以写得很雅，也可以写得很俗，这样就能慢慢推广出去，让这种诗体在民间被老百姓慢慢接受下来，然后形成一种中国的主流诗体，在国际上可以跟任何一个国家对话，堂堂正正地跟其对话。

陈仲义：但是你跟其他诗体区别在什么地方呢？就是你这个体是必须固定的，这是最大的区别，这是第一点。第二点，你这个诗体的主要类型和基本形态就是十三行，实际上你是一个"十三行体"。

黄永健：对，当年我也想过叫十三行新汉诗。

陈仲义：我倾向于用"十三行"来命名。为什么倾向这个名称呢？你看我们整个诗的发展变化，从大众化的心理出发，从理论研究出发，几乎都以"行"来作为诗体的一个外部表示。微型诗体一般定三行，台湾的白灵坚持五行，林焕彰坚持六行，他们都能提出一套理论。所以三行开始有了，四行、五行、六行都有了，七行比较少。八行也有了，等于也就是两个四行的。还有一个人（台湾向阳）提出十行。

黄永健：是的。

陈仲义：十一行、十二行比较少，你现在有一个十三行，然后再有一个十四行，那是从外国进来的。

黄永健：我们不要它，我们拒绝它，我们把它作为一个很次要的体，它不是我们的主流诗体。

陈仲义：但是不管怎么样，就是到了十四行，可作为一个基本的"截止日期"。整个诗体格式，从第一行到第十四行，基本上都是以行来命名，请你考虑这个因素。

黄永健：这个说得有道理。

陈仲义：必须考虑到这个约定俗成的命名方式。

黄永健：我当时起过名字叫"十三行新汉诗"。

陈仲义：我觉得这个命名比较好。

黄永健：对。

陈仲义：我这样分析下来，你实际上是跟这"14个人"在竞争。

黄永健：毛主席有七律长征，我们十三行里面再加一个诗的名字，比如说

"十三行中秋",然后再把那个诗体加上去,这样的话就跟中国古代诗体能够对接。

陈仲义:我一般不承认一行是诗,而是视为格言警句。我一般从两行算起,因为两行较完整,首先是一个对举结构。一行一般是残缺的。从二行算起,一直算到十四行,一共有十三种体,你现在就是跟其他体竞争。我觉得还是以十三行体命名更好,焦点更集中。

黄永健:而且它跟中国古代的七律、五律形成数字上的前后呼应关系。我也想过,在网上也发表过,我都写过"十三行新汉诗"这样的题目。但是我也有考虑,因为它在形式上又像松竹连体,本身松竹就是中国文化的重要象征,所以目前为止叫松竹体,这个名字到底怎么起,我也在征求学术界的意见。

陈仲义:我是非常坚决地要用行数来命名的。前年在泰国一次会上,我就以行来分析诗体的建设问题,我讲到中国文化传承下来,丢掉不了起承转合。我们分析这个小诗体,基本上是以这个结构为模式的增加、减少、扩展或者压缩。我先排除了一行诗(作为格言或警句)。然后我从两句开始来分析,它是一个对举结构。两句诗的对举结构可以是并列的、逆反的、对抗的、矛盾的、承接的,已经隐含一个起承转合的胚胎在里面。

黄永健:实际上每一行里面都有一个起承转合。

陈仲义:然后再发展到三行、四行,就已经是很标准的了。四行以后,我们来看五行诗,也有六七种排列形式,包括林焕彰一直坚持的六行,还是逃脱不了起承转合这个内在结构。

黄永健:六行太少了,容量太少了。

陈仲义:再发展到八行,实际上也是起承转合的一个扩展。

黄永健:五律和七律都是八行。

陈仲义:对,扩展体。然后你再往上,最后还是逃脱不了起承转合。我觉得你现在的突破在什么地方呢?起承转合这个没办法突破了,你的突破在于把所有稳定的五种诗体格式(二三五六七言),按自然排序"连体"在一起。所以你的竞争力,在十几种体的竞争里,有别样的突出。但再反问一句,如果不按自然"连体"排序呢?肯定要打破"手枪"形态。

黄永健:你看得非常准,但是很多人不懂,他们就大骂,然后有的人似是而非,他不知道这里面有非常深的创意。包括我给某某(略名)看了,他今天早上发信息给我,诗歌是自由的,你搞什么"手枪体",我搞个"大炮体"把你干掉。

陈仲义:我还是劝你不要用"手枪体"这样的名字,欠缺学理化。

黄永健：现在任何一种新生事物在草创阶段一定要造势，你不造势的话，人家不知道，你造势以后才能遇到高手，高手自然就会来支持你。因为你不造势的话，它可能就自生自灭了。所以为这个事情我已经殚精竭虑。而且我已经在深圳做过两次促销，第一次是跟梨花体的赵丽华在深大辩论；第二次是深圳的文博会，台湾那些老板看到我这个东西很激动，请我去做了一个主题演讲。今年8月在安徽泾县举办的中国首届桃花潭诗会，谢冕他们给我颁了一个"网络诗歌发展奖"。我问谢冕对这个手枪体怎么看？他一个字都没说，他没有正面回答，但是给我颁了一个奖。

陈仲义：那个奖是他们评出来的？

黄永健：对。

陈仲义：他一句话没讲？

黄永健：没讲，我不知道什么意思，因为谢冕跟我很熟。

陈仲义：估计是保留意见。

黄永健：但是他做大会主题发言的时候说，"我对'朦胧诗'也开始反思，当年我是坚决支持的，但是现在看来，中国文化不能像五四时期那样，全部否定从前，我们的新诗一定要创新，我们不能完全抄袭西方的，我们要承接传统的，然后借鉴西方的"。他是这样的意思。这次我为什么带我的学生过来，因为我要在这个会上重点推出这个诗体，所以我这次过来，是非常重视这个的。当然，陈老师你是大家，你能关注我这个手枪诗，我觉得非常高兴。有好多人他凭直觉觉得可以，但是他讲不出来一个来龙去脉，你问的问题非常深刻。像我的学生就说不出来，他说这个很好，你问他为什么好，他讲不出来。自从我创立这个诗体以来，你是我遇到的第一个高手。你问的问题都很好，包括改名这个问题。

陈仲义：接下来我要给你泼一下冷水。你还得应对四面八方的质疑，你肯定要遭受多重的质疑。回到刚才讲的宋词词牌，我们现在的词牌有一千多种……

黄永健：刚才你问我为什么用三字起头，在宋词所有的词牌里面，三字词的词牌有一千多种，占90%。

陈仲义：这个有很强的说服力，说出第一行为何必须三字起头的理由。这个理由一定要把它写出来。

另有两个要泼点冷水，宋词的词牌有一百多种常用的，本质上你是在创立词牌，你这个十三行体是很适用填词的。

黄永健：就在手机上填词，而且它快，甚至可以把它写成歌曲。

陈仲义：包括歌曲创作、填词。所以从这个方面来讲，你就是创造了个词牌，可以说是又一个新的词牌出现了。

黄永健：也可以这样讲。另外，我本身是做文化产业的，现在很多公司找到我，让我用手枪诗把他们公司的理念写成一首诗，把文化和产业结合在一起………

中国文化在诗歌方面整体向西方叫板，要把它提到这样的高度来看。所以将来如果弄一个十三行新诗的股票，我觉得都可以。

陈仲义：这个冷水就泼到点上了，这个词牌跟现代汉语、自由体产生了冲突。

黄永健：这个我也考虑过，因为我们是新式创新，不是旧式创新……

陈仲义：所以根本上，我们是需要新诗的创体，这是一个非常严峻的问题。我们的创体叫新诗的创体，本质上我看，你是旧体词牌的创新。这个旧体词牌的创新跟新诗诗体的创新，这两者的关系要好好考虑。

黄永健：我来回答这个问题。为什么要做这个？第一个，就像吕进说的，我们的新诗为什么要革命，首先是这个体要革命；第二个，就是写作方式要革命，因为我们现在读也好、写也好，都已经搬到视屏上来了。所以我创作这个体，首先是为了解决诗歌——不管是古体诗，还是现代的新诗——与大众疏离这个问题，要让诗歌回到大众。这个诗用手机来创作，非常方便，也很好玩，通俗易懂。另外，我这个诗也可以写得很高雅，也可以写得很通俗，可以用文言来写，也可以用文白相间，也可以用大白话来写。它的创作手法，除了中国古代诗词的很多格律手法，比如说押韵、对偶、平仄，包括我们用的典型的意象等等，包括一三五不问、二四六分明，这些都可以用到；但是同时我们也可以用现代汉语的文白相间，以及大白话来写。

陈仲义：这个估计会遭到新诗人的反对。新诗人和写旧体诗词的诗人会认可你创新了一个词牌，这一点，两个阵营应该都不会有意见。但新诗人会质疑，包括金铃子这一拨人，他们是非常坚定地站在自由创新的立场上，不买账那些过于填充式的东西，一看到有固定的嫌疑立马掉头。

第二个问题，你如果用文言或者半文言，还好解决，现在我觉得碰到最大的难题，就是现代汉语及其语境。现代汉语以词或以句为单位，比如有一个超常专有名词，而且必须放在三字句起头的，就很尴尬了。如果是文言、半文言半白好办，完全是现代口语，就会受到一定的限制。

黄永健：这个地方我也考虑过，整个中国文化在20世纪没有市场，就是因为整个中国文化本身是有一些问题的，我觉得随着中国软文化慢慢结合传统，有可能我们的文化有些东西往回走，你要完全回到以前是不可能的。

现代人的情感结构是繁复的网络状态，特别是现在很多词是双音词……

陈仲义：双音词碰到三五七字的时候就比较难办一点。

黄永健：实际上我也用这个写过现代诗，也可以写。

陈仲义：但我估计你还是偏向于文言半白、半文半白这种类型的。

黄永健：网上也有写得非常好的白话文的。但是目前网上没有出现一个非常高深的、反映现代人内部情感的作品。有人写足球，也有人写失恋，在网上都有。它有三种：一种是文言，一种是半文半白，一种是大白话，我也写过大白话的。这一首是大白话的。

> 大街长
> 窄巷深
> 红尘十丈
> 地老天昏
> 毕巴复毕巴
> 三条碰五饼
> 歌堂舞榭歇火
> 麻牌人气陡升
> 渔家傲
> 沁园春
> 富富穷穷城中村！

这是写打麻将的。

它有这么多的行数，怎么把现代诗的蒙太奇、拼贴、含混的手法通过词语，在每一行字里面把它处理好，另外隔行之间通过呼应关系，把现代诗的手法放到里面去，这就考验写诗人的能力，这就体现写诗的难度。

陈仲义：也不止是这个难度。我先讲两个我的基本观点，我不知道你有没有看过我的一篇文章，这篇文章也被一些人反对。我的基本观点就是：诗体的建设朝向，是"自由诗主导下的泛诗体同盟"。就是说自由诗占主导地位，达到了70%—80%，在它后面是各种各样不同的新诗体式。

再回到你这个问题，再给你泼点冷水，最关键的是现代语境发生了巨大变化：包括人的自我的分裂、矛盾对抗；包括后现代主义那些因素，那些非本质的、碎片化的等等；包括潜意识、意识流，包括莫名其妙、突发奇想的意念；包括瞬间的感悟，这样的一些混沌状态。如果把它们塞到非常固定的行数和固定的字词里面，会造成以自由为天性写作的诗人的极大反对，遭到现代语境的强大抗拒，这应该说是必然的。

黄永健：这是诗外的事情。西方也不主张后现代一直走下去。

陈仲义：根据我目前的水平，我研究的经验体验，我认可十三行诗体，而且相信可以成熟起来。但反过来，你敢不敢承认你的局限性？

黄永健：我认为要承认它的局限性，最大的局限性就是外部的文化环境，而且我认为我这个诗体跟整个中国文化将来的走向目标是一致的，目前是外部环境不利于它生存。第二个局限是写作的难度，真正按照这种体写出高明的诗，包括写出古色古香的、半白半文的，特别是能够写出当代气氛、当代格调的诗，这是很难的，这对我是一个挑战。

陈仲义：确实是很难。

黄永健：但是我认为一定是可以写出来的，因为它容量很大，无非就是我们现代人的心理结构更加复杂，很多人反对我说，你就是十三行，新诗有很多行，后来我就想，我可以两枪、三枪连体，而且我这个连体，它不一定每一个都顺连，比如说上面这一枪枪口朝上，下面这一枪枪口朝下，它有很多种变体，这样有可能网罗现代人非常复杂的感情，但是这个写法难度很大，绝对不是梨花体的写法。

陈仲义：另外还有一个问题，因为你的基础是两个，一个是对举结构，一个是起承转合，这是古典诗词形式化最精髓之所在。但是现代诗人往往打破了这两个"规范"。

黄永健：对，他们搞的是残缺美。

陈仲义：举一个简单的例子，描写一段意识流，这个意识流就没有起承转合了，更没有对偶对仗。他也可能写得相当好，完全把你推翻掉了。这样我就不用你这个诗体了。

黄永健：他不用这个诗体的话，但是你想一下你用什么体？

陈仲义：那就是自由体。

黄永健：关键你自由了100年，已经走不下去了。

陈仲义：这个没关系，我的说法是，自由体发展，像你这个带有比较格律化的诗体也发展，大家都一起发展，这个都没有关系。

黄永健：对，并行发展。我不是说我这个诗体创立出来，就代替了所有的一切。我是说在学术界，包括在民间，希望有这种呼声，特别是在吕进提出这个命题的情况下，被我偶然发现这个东西，它也许是中国文化生命的延续，我是从这个角度来看待问题。另外，我这个诗出来，我不是说你们的诗都不行了。

为什么我们现在要提倡中华文化复兴？它实际上就是对我们整个中国社会现在的教育现状，包括整个社会人群的心理结构，都要导向善和和谐。现在你继续写你的破碎感，写你的潜意识，这样也可以，但是你这一代可能没办法了，我们不能让下一代还是这样破碎，还是这样潜意识，还是这样绝望。中国文化将来的走向，不单单是中国文化的复兴，中国文化复兴还有一个必要，就是要在全人类建立一个普世价值。而起承转合就是一个普世价值。所以我觉得它面临的最大挑战就是外部环境，目前很多人的文化心理结构已经定型了，他不能适应这个东西，你强迫他认同，他很痛苦。但是在未来，也许随着中国文化环境的进一步改变，认同它的人会越来越多。我是这样一个思路。另外，在写作上有非常高的难度，不管你是写古体、文白相间，或者是写现代诗，这个难度都很大。我最近在网上发了一个征文广告，谁能给我写一个像模像样的九枪连体的诗，我给他两万块钱。最近李黎成立了一个世界华语诗歌联盟微信群，我在上面发了一个征文启事，但是没有人应征。

陈仲义：李黎现在在做中美交流，他常驻哪里？

黄永健：他常驻北京，经常往上海跑。前段时间深圳市民文化大讲堂请他去讲诗歌美学，刚好他讲的前一讲是我讲的另外一个题目，讲禅宗智慧与企业管理。他特别喜欢抒情，他最喜欢的就是《四月的黄昏》，他的演讲我去听了一下，我搞诗歌研究有20年了，自己也写，我知道他讲得很好，但是他的基本思路还没有跳出西体中用这个大的框架，所以最后我跟他对话的时候，我说，李先生，你觉得中国20世纪的诗歌有没有必要进行彻底的反思？他说你提的这个问题太大了，我们改日再谈。

李黎可能陷入在朦胧诗里面太深了。

陈仲义：另外，他到美国20年，没有中国语境了。

黄永健：他对中国语境不太熟了。

陈仲义：现场感可能较欠缺。

黄永健：对。他现在还是鼓励大家写朦胧诗。这20年来他没有介入中国这个语境。当然他是我的好朋友，我跟他的对话都是比较专业的，他也对我这个手枪体认同，他说，你付出了这么大的努力，这么多的恶战，我对你表示尊重。因为我每天都要面临争论，有人为了打倒我的手枪诗，发明了一个"大炮体"。

陈仲义：你现在主要在哪个论坛？我回去看看。

黄永健：在百度里面可以找到，另外在我的博客里面可以找到，我的诗选都在我的博客里面，就是黄永健新浪博客。我这次回去要在网上做一个宣传，因为你不造势，很多人都不知道，那它可能就自生自灭了。所以我今年集中精力，主要就是推这个东西。

陈仲义：我回去把两本书寄给你。

黄永健：你在理论这一块搞得非常深，做了很多的探索。但是我想你最终要落实到一种体。这是我对这个问题的一个看法。

陈仲义：关键是写诗的人觉得太多理论会影响写作，不能有太多理论，凭着感觉写就行。

黄永健：我是大学老师，不搞理论怎么办？必须搞理论，我从1995年就开始搞散文诗，现在我在搞艺术文化学，但是诗歌这一块也没有断，一直在写。

陈仲义：新诗的本质或者说天性是自由。自由的具体化就是两个字，就是每时每刻都在求新求变，不管怎么样，适应也好，探索也好，反正它就不断地变，不断地新。可能因为这样子，造就它永远不能成形，永远在路上，这是我的一个基本观点。也许它永远在路上，永远在变，永远在新，永远在实验，这才是它的常态。基于这样的理论，我才认为整个新诗诗体大军应由自由诗统领，不应由格律化主宰。我跟吕进教授的一个最大分歧，是他认为自由体都不是正宗，格律体才是正宗，在古代是这样的，但是到了现代阶段，我认为要反过来了，因为我感觉新诗自由天性太强大了，主宰整个形式的发展变化，它就是一个"新"字，一个"变"字，在左右着形式的发展。我并不像金铃子他们排斥其他诗体。我们搞理论研究不能这样，我认为自由体为主，其他的也存在，形成一个泛诗体的格局。

黄永健：多元化诗体多元共生。

陈仲义：就好像控股一样，自由体可能占70%，其他的占30%。

黄永健：自由体是大股东，我们搞点小股。我这个诗体创立出来，它绝对不可以取代自由诗，不过它对自由诗形成了一种质疑、挑战，甚至形成一种对待关系，我们互相对待，形成这样一种关系。实际上自由诗为什么有问题呢？你讲的我非常同意，在自由诗统率下，出现各个历史文化时段的相对固定的诗体。现在21世纪中国文化要复兴，这个历史文化走到这个阶段，自由诗不能代表中国文化跟西方文化对话，我们就要创立一个诗体出来，跟西方文化对话，但是自由诗还可以存在。在这个历史时段，就需要一种新诗体出来，总结中华文化几千年诗歌的传统，拿出来堂堂正正地说，这是我们中国人现在创造的一种新的诗体，我们还在用你们的自由诗，但是我们自己也有我们独创的东西，甚至我们独创的东西有可能在将来变成老大。因为现在这个自由诗，它的形式、思想、目标都是西方的，它的目标就是传播西方文化，然后它的形式是西方的，它的根子里的思想是西方的。这次有个论文说王国维把西方悲剧美学引进到新诗里面，实际上新诗里面最主要的哲学内核就是西方的哲学。而且认为新诗越是接近西方这套自由、民主，包括他讲的现代意识，孤独、疏离等等，有这样的趋向的就说这个新诗写得好，相反你写一些田园的，写一些具有中国风味的，那些新诗人就排斥你，说你这个没有深度。散文诗也是这样，散文诗界的灵焚，他做了好多实验，他就认为他那个东西是地道的散文诗，其他的比如说抒情散文诗，比如说一些美文式的散文诗，他们就认为那不是纯粹的散文诗。言外之意就是说他们写的那种潜意识，那种很抽象的、超现实的东西，才是正宗的。我在我的第二本散文诗理论专著《中外散文诗比较研究》里面已经推翻了这个观点。

陈仲义：现代诗的发展前景是很难判断的，需要冒风险。我也做一个冒险判断吧。我觉得它最终的一个样貌是一个混血儿。这个可能与你的观点不一样。我是怎么来确定它这个混血儿的？新诗的发展受到三股力量的制约，一个是外国资源的牵引力。这个牵引力从五四以来就非常明显。五四最明显就是外国诗歌资源作为重要契机。最明显的表征是什么？20世纪20年代的新诗人把翻译外国诗歌当作自己的创作。如歌德的四行诗，包括徐志摩等大家都把那个四行诗再重新翻了一遍。这条线一直延伸到90年代，影响形成了一种"翻译体"，所以这个吸引力、吸附力是很大的。再一个就是中国古典诗歌的凝聚力、向心力、回缩力。第三个是我们100年新诗的传统，这个"小传统"，我把它说成自己的内爆力，或内驱力。这个内驱力是最生机勃勃的、最有创造力的。这三股力量是一种博弈的关系，互相抵消、交融、碰撞，是一种同化和顺应的关系。最后我得出一个什么结论呢？在新诗这个年轻小伙的身上，交织着上述三种基因，最后的结果看哪种基因强大，可能是白皮肤、蓝眼睛、黄头发，也可能是黄皮肤、黑头发。估计三股力量会很均衡，所以我得出一个"混血儿"的结论。

黄永健：但是这个混血儿是一种什么样的样态呢？

陈仲义：混血儿很难具体描述，但三种基因都很顽强。

黄永健：实际上毛主席写的很多诗，都是秉承中国本土的东西，就是中国本土回撤的拉力。

陈仲义：那个还不能算作常态。

黄永健：但是这个混血儿是什么样的状态？现在文化的变化很快，诗歌艺术的软文化是跟着硬文化走的，如果将来中国在硬文化这一块超过美国，甚至能够回归到汉唐那种地位，中国自己的诗体也有可能变成主流诗体，这是很难说的。我认为它一定是跟着硬实力说话的。

陈仲义：我有一个基本观点，写自由体诗的人比较赞成，其他人会不赞成。

我从发生学角度和创新角度出发，认为现代诗与文言诗写作是两种不同"制式"的诗歌。

黄永健：对。

陈仲义：包括写法都有很大的不一样。

黄永健：本质上根本就不一样，这两种诗是两种性质、不同文化的变相，因为它的根不一样，长出来的叶子怎么可能一样。

陈仲义：以前整个传统的看法和研究方法，因为都是诗歌，都把两者看成一样，都认为是从诗歌这棵大树上生长起来的，所以你必须要一视同仁地对待，要统一尺度、统一标准。

黄永健：实际上它完全统一很难，因为它一开始这个文化源头走的是两条河道。但是我觉得还有一个统一的地方，就是从人类学这个角度来看，不管是哪一种诗体，情感是统一的，它里面的情感是统一的。不过人类的情感经过中西文化的理念固定以后，顺着两条河道走，所以两条河道里面的语言从语素开始都不一样。所以在最盛的情感这一块，它一定是共通的。但是因为这两个传统互相独立行走的时间太长了，很难用西方的顿诗来改变汉诗，或者用汉诗的对偶、押韵去要求英式诗。所以你看毛翰说用三顿、四顿，那就是用西方的观点来要求汉诗。今天我的一个小诗弟刘剑，他在我们这个会上对闻一多的理念进行了批评。闻一多直接把西方的那个节奏拿过来，说这就是汉诗的格律，他做出了一个批评性的反驳。这是不可能的，因为这两种语言从语素就不同，我是学语言的，我们汉语的每一个字里面都有阴阳关系，它有元音和辅音，元音代表阴，辅音代表阳，它们结合在一起就代表阴阳结合，每个汉字的偏旁之间也构成了阴阳组合的关系。而英语它一个字有三个音节，而每个汉字只有一个音节。你要求英文和汉语一样，这是不可能的，汉语一个音节就是一个汉字，它天然的可能形成非常整齐的方式。英文的表现文字，每个字的音节长短不一样，它不像汉字，每个音节里面都是阴阳配合。所以它不可能硬性调和……

黄永健：所以你要用英语的顿来代表汉语的格律，或者用我们的格律来要求英语，本身就违背了语言的特色。

陈仲义：它那个顿已经转化为中国的音节了。

黄永健：但是它有时候一个顿只能有一个单词，而我们一个音节就是一个汉字，它可能三个音节才能搞一个字出来。所以它不一样。比如说有时候英文的一个词很长，有好几个顿，但是翻译成汉语就是两个字或者一个字。这次会议上另外一篇论文，是一个叫张中宇（谐音，重庆师范大学）的写的，他那篇论文写得很好，他是用语素来解释这个问题。我的研究生是学语言学的，对这方面有些了解。所以从诗这一块来讲，还是从每一个音节谈起，从汉字内部的结构，然后上升到它的音节结构，来跟西方对照，来看它的差别，这样就能谈到位。我们现在盲目地跟西方学，把它写成长短不一，貌似是西方的，实际上是伪西诗。因为西方的诗非常讲究顿数，最常使用的是三顿，按照我们这个三顿的话，就很难跟它统一。在老外看来，就说你这个是个伪诗。

陈仲义：你的材料基本在博客上都有？

黄永健：对。

陈仲义：争论要在哪里看呢？

黄永健：争论都在我的QQ、微信上。

陈仲义：没有一个综合性的整理？

黄永健：这次回去要整理一下。以前整理过一部分，但是不全。

陈仲义：那些没有一点学理的，没有一点基础的，就不要整理。

黄永健：那个我不可能放进去的。

我回去让我的学生把网上的争论整理出来，年底我会出一本手枪诗诗集。把争议放在后面，前面是我的作品，因为我已经创作了很多的作品，另外，网友也有很多作品，我想选一选，到时候推出去。前天我来开会之前，在深圳市的《宝安日报》又做了一个讲座。

陈仲义：把网上争论的整理一下，提炼一下，这个有助于问题深入。

黄永健：通过今天的谈话，我觉得：第一，你是一个对学问非常有兴趣的学者；第二，你的敏感度非常高；第三，你提出的很多问题我也考虑过，也是让我犯难的问题。

陈仲义：就是在困扰的地方，必须回答问题的地方，做出针锋相对的应答。

黄永健：对。当时在网上还有很多问题，特别是像你提到的，这个诗用白话写，怎么样表现现代人的情感，怎么样突破文言文和现代白话单音节和双音词的问题，没有人提出这个问题，很多人没想到，一定是对诗歌，包括对新诗，以及对语言学有研究的人才能提出这个问题。

新诗用的是现代汉语，现代汉语跟古代汉语不一样。

陈仲义：这是最大的鸿沟。

黄永健：我这个手枪诗，质疑最多的就是这个行数太少了，现代诗一般都是二三十行，但是我可以做两枪连体、三枪连体，我认为完全可以突破。现代汉语不完全是双音词，现代汉语的双音词占70%多，单音词占20%多，还有百分之几的多音词。

陈仲义：你们有没有看过沈奇的《天生丽质》？

黄永健：没看。

陈仲义：这个可以看看，他那个写法是很巧妙的。字词为单位，然后这个字词本身有一个戏剧化的结构。我们现在的书写都是词为单位的，他又回到古代，以字为单位，包括他的题目都是两个非常契合的字凑在一起的，整个形成很大的戏剧性张力，蛮创新的。

黄永健：本来我也不是想弄这个创新，因为我在深大文产院也是搞文创这一块，当然还是跟深圳的环境有关系，我觉得这是命运的驱使。我那天发给我的女同学是这样的，它是两行两行的。她发了一张图叫我写，我就写了"怎么写，愁死鬼"，之后发给她，顺着那个图的意境，然后又写"手执圩灯，伊人等谁"。把这两行又发过去，这个意境还没写完，然后"终南积雪后，人比清风美"，这倒五个字了，我长期喜欢读古典诗词，年轻的时候背诵过大量的古典诗词，它是一种本能反应。然后就写六言了，"古今聚少离多，长恨望穿秋水"，就是那个图里面的感觉。然后又写七个字的，"知音一去几渺杳，暗香黄昏浮云堆"。写了之后又发过去了，然后我说这个差不多要写完了，这个图中的女孩子该回家去了，"不如归，不如归，好梦君来伴蝶飞！"因为她那天在打吊针，她发这个图给我就是希望我安慰她，我借安慰图中的女孩子来安慰这个女同学。然后鬼使神差地，我把前面那几行复制到一起，就变成一首完整的诗了：

怎么写
愁死鬼
手执圩灯
伊人等谁
终南积雪后
人比清风美
古今聚少离多
长恨望穿秋水
知音一去几渺杳
暗香黄昏浮云堆
不如归
不如归
好梦君来伴蝶飞！

这个形状就像一个手枪，我觉得这就是天意。

陈仲义：这时候，我又提出一个新的问题。你现在的形式已经非常固定了，行数固定，字数固定，对一个古典文学修养很深的人，比如说像你这样的人，背诵过几百首唐宋诗词元曲，有上千首古典诗词的底子，包括句式、语感、意象，已经成为你潜意识的一部分，这样你无形中就有一个填充体放在这边，下意识去充填。我看你刚才念的，已经下意识把你带有唐诗、宋词那些烙印的句子，很自然，出口成章地填到里面去了，这就会造成对创作的一个伤害。有没有考虑过这个问题？我发现你刚才这么流利地流出来，实际上你就是动员、激活了你全部的古典诗词修养，把你的矿藏挖出来了。然后有一个既定的形式在那边，你就下意识地、毫无知觉地往那边放。

黄永健：但是我原来不知道这个形式。

陈仲义：但是你现在已经到了十三行里，我是说你这个已经定型的十三行，你很自然地就把它用上了，这是对新诗创作的一个伤害。

黄永健：我当时在写的时候才知道这个格式。

陈仲义：而你现在已经固定成这个格式了，你将来的写作就是下意识地往里面填了。

黄永健：所以这就有难度。

陈仲义：我发现你这样顺口成章就读出来了，可能你将来几百首就是这样容易、轻松，顺着"模子"地出来，这会不会造成新的另一种模式化呢？

黄永健：当然，这个东西我也不知道什么时候会突然冒出来，因为我是学佛的，我总是感觉到好像是一个冥冥之中的安排。

陈仲义：我觉得你这个诗体还是可以成立的，而且现在看得出来，是容易成熟的一个诗体，因为有一个对举结构加上一个起承转合。

黄永健：你看得非常准，一下子抓住了根本。一个是抓住了对举，这是中国阴阳哲学最根本的东西；第二个是起承转合，这是中国哲学的宇宙观。这两块都超越了西方。

陈仲义：主要是这两块，再加上自然连体排序这一独到亮点，超过其他的一般诗体。

黄永健：他们说白了就是为了形式而形式，我这个根本上也是为形式，但是它有一个文化的使命，另外，它有一个文化的传承和积淀在里面，这就是我跟他们最大的区别。

陈仲义：可以成立。

黄永健：今天晚上可以说是一场陈老师组织的论文答辩。

陈仲义：谈论了七八个问题，主要针对一些疑难的关键问题。冷静下来，我最后的结语是：你的"十三行体"，可以作为"新古风体"（半言半白）的一种行之有效的格式，但对于自由诗的"接纳"与"收拢"，还要面临巨大的实践挑战。

郝云慧：我感觉陈老师就是诗歌界的医生，把很虚的一个东西的脉络全给梳理出来了。

陈仲义：希望自己手中有一把比较好的解剖刀。

黄永健：今天晚上相当于一篇博士论文的答辩，我们要把它全部整理出来，就是我们手枪诗成立的依据。我也是这样想的，你考虑的深度比我还深，而且我已经研究了10个月，它有这么高深的问题。陈老师搞诗歌形式探索，做理性的抽象思维已经很长的时间。

陈仲义：说老实话，你那份论文放到大会上，我看到"手枪诗"三字，就没往下看了。

黄永健：那你跟金铃子一样。她说，你回家吧，不要去开会了。她说，我完蛋了。我今天给她发了两张她的照片，她又说，你不会完了。

陈仲义：我看到"手枪诗"，连看都没看，就塞到袋子里面去了，今天晚上因为还有10分钟才吃饭，就整理一下行李，然后翻出来看了一下，突然冒出了很多想法，所以就打电话找了你。

手枪体 PK 朦胧诗
——文化对话的川江号子？

梁云

2014年10月13日，西南大学中国诗学研究中心和北京《文艺研究》杂志社联合主办，重庆武隆县文联和喀斯特公司承办的第五届华文诗学名家国际论坛暨印象武隆诗歌采风活动在仙女山召开。

华文诗学名家国际论坛主席吕进教授致开幕词，提出本届论坛的关键词是"守常求变"。他认为科学地处理"变"和"常"的关系，推进多元化的诗歌重建，是一切有责任心的诗评家和诗人的使命。出席本届论坛的，除了来自全世界130余位华文诗学名家，其中包括舒婷、叶延滨、傅天琳等获得全国文学奖和鲁迅文学奖的著名中国诗人。

深圳大学黄永健教授做了题为"新诗二次革命的回应——手枪诗（松竹体新汉诗）创新引论"的发言。2013年12月底，深圳大学黄永健教授通过在微信里面发布汉诗，突发灵感，创作出手枪体汉诗。因为形似手枪，简称手枪诗，同时其形状又酷似长松披竹——苍松竹枝合为一体，又被称为松竹体新汉诗。黄永健认为，新诗研究者吕进提出的"二次革命"的观点和"三大重建"的思想，虽然不免激进，却是直面汉诗困境、痛下针砭的"良言"和"良药"，而"手枪诗"正是顺应这一思想的产物。"手枪诗"在"守常求变"的总的原则之下，以荡涤廓清为使命——荡涤廓清20世纪中国新诗尤其是"朦胧诗"和当代的"无边界自由诗"，创新汉诗诗体，重铸汉诗诗魂。"手枪诗"横空出世，在网络上推出后，旋被热议、讨论，并很快进入当代主流诗学研究者的理论视野。

近百年来，中国新诗经历了多次学术论争，到今天学术界不得不重新讨论新诗的"二次革命"和"三大重建"——诗歌精神重建、诗体重建和诗歌传播方式重建。正如吕进先生所指出的那样，新诗的第一次革命是爆破，当下的新诗二次革命是重建——重建中华诗歌的固定形式、重建中华诗歌的审美风范、重建中华诗歌的传播方式。虽然"重建"跟"革命"的含义不尽相同甚或相反，我们理解的当代新诗"二次革命"是极而言之的言说方式，但要突破其将近100年来所建立的审美标准和写作范式，通过"三大重建"达到现代汉语新诗的创化和新生，这无疑类似于一场革命。众所周知，老传统壁垒森严，可是有时候新传统也壁垒森严，新诗在文化中国时代的审美理念去魅、诗体建设和写作、传播方式更新，就其必然遭遇的误解和阻力来说，不啻一场"革命"。

本次会议上，"手枪诗"惊动了以研究新诗形式创新而知名海内外的陈仲义先生。陈仲义现为厦门城市学院人文学部教授，曾出版《中国朦胧诗人论》《诗的哗变——第三代诗人面面观》以及《现代诗——语言张力论》等学术著作，为朦胧诗代表性诗人舒婷的伴侣。他在临别前有缘看到《手枪诗（松竹体新汉诗）创新引论》，忽有所悟，致电黄永健教授，并来到黄教授下榻的武隆仙女山华邦酒店5208房，进行了长达两个小时的讨论，其后这场当代诗歌形式论辩的"华山论剑"全文于网络披露。

无论哪个民族的诗歌，格律体总是主流诗体，如英美十四行诗，日本的和歌和俳句，越南的六八体和双七六八体等，中国诗歌史上主要以三言、四言、五言、七言诗歌为主流，六言诗不及三言、四言、五言、七言诗广泛，但是骈赋、元曲中六言诗句比比皆是，中国诗歌一直以格律形式代代相传，那是汉语和汉字本身的逻辑使然，更是中国文化要义中诸如"阴阳""流变""轮回""和谐""中庸"等价值观念的形态化身。美国意象派另一代表人物罗伯特·洛厄尔认为："这些我们称为汉字的奇妙的笔画组合实际上是完整思想的图画式表现。复杂的汉字不是自然而然组成的，它们是由简单的汉字组成的，每一个汉字都有其意义和用法。把这些汉字组合在一起的时候，每一个字都对整个汉字的音或意起到作用。"

手枪诗押韵，恢复和发展诗乐联谊，这是非常重要的，现代新诗渐行渐远，其中最主要的原因是难以朗诵和记忆，现代新诗名作《再别康桥》《采莲曲》《雨巷》《死水》《乡愁》等取得成功的要诀是押韵，所以古人不韵非诗是有道理的。在押韵的大前提下，手枪诗，将中国数千年汉语诗歌中的主流诗体——三言、四言、五言、六言、七言进行分解后再行组合，同时允许在使用各种诗歌技巧之余，使用高雅题材之余，用这种具有视觉美感和听觉美感的形式，贴近生活，贴近时代，贴近生活中的喜怒哀乐爱恶欲和应有尽有的中外生活场景，尽情创作。

手枪诗可写当下生活现实种种，包括都市情绪，以拈连流水的句式，回环往复的诗句，揭示现代情感。

2014年8月在安徽泾县举办的"中国首届桃花潭诗会"上，以力捧"朦胧诗"而著称诗坛的谢冕先生，给"手枪诗"颁发了一个"网络诗歌发展奖"。当被问及对于手枪体的看法时，谢冕先生并未回答。尽管如此，以"手枪诗"为代表的汉诗革命派，已然在网络上掀起了对于朦胧诗、梨花体、羊羔体的"汉诗革命"。

  诚如陈仲义先生所言，手枪诗是容易成熟的一个诗体，因为有一个对举结构、一个起承转合，捎带有适度容量——这样的格式容易流通。对举和起承转合，成为我国诗文的立命根基，必将对人类未来的文化走向和诗歌创新产生遥远的影响。

  目前，黄永健教授通过微信平台，在国内外的微信诗歌群内发表了近 200 首"手枪诗"。手枪诗原创形式为"三三四四五五六六七七三三七"字共 13 行，但是考虑到我国古代并有二言诗（《断竹》），可以变形为"二二三三四四五五六六二二六"字共 13 行，还可以变形为"二二三三四四五五六六三三七"字共 15 行，"一一二二三三四四五五六六二二六"字共 15 行，枪口可以朝上，也可以朝下，可以仿照十四行诗分成起承转合四个部分，或两到三个情景的并列、拼贴、剪接以及双枪、三枪、多枪并题连发等，有很多变体。可供当代诗人在充分认知我国古典诗词美学，积累古典诗词文化修养的基础上，吸收时代语言，创新意象，拓展意境，施展才华，贡献佳作。

  2014 年 10 月 24 日，新华网重庆频道、腾讯网重庆之窗、四川快讯、大渝网、武隆旅游网隆重推介黄永健教授寄来的一首赞美武隆景区导游的"手枪诗"。

   武隆
   天坑
   青龙磜
   虞美人
   乌江咆哮
   仙女呜咽
   人神的和约
   诗歌的精灵
   天龙青龙黑龙
   神话神祇神鹰
   天造就
   水化成
   一串滴水的歌声！

回首
云深
雾重庆
短歌行
芙蓉锦绣
桃花人面
出落为山花
窈窕于坡头
于乡音始蹦跳
静水流深远思
挥手
此去
一段等待的佳期！

手枪体汉诗创立一周年
——时间过得真快

凌子

2013年5月12日母亲节，我的好同学、好姐妹王传菊请我们吃饭逛街，万没想到王传菊接到了与我们分别了36年的黄永健同学的电话。听着完全陌生的声音，我搜寻着儿时的记忆，那个皮肤白净、黄头发、黄眼睛的调皮的小男孩赫然在眼前。没想到分别这么久还能联系上，大家都很激动。黄同学即兴写了首诗群发给我们，我也回复一首诗。黄同学很意外，没想到有同学会用诗回复他。于是，黄同学狠狠地夸了我，我一时诗兴大发和黄同学对起了诗。随后，黄同学给了我一个他新浪博客的地址，我登录以后惊出些许冷汗，万万没想到与我对诗的是文学博士、深圳大学的教授，我胆怯了，虚心地向博士请教！在向黄同学学习的同时，我时常不知天高地厚，与同学相互出题，互相唱和。12月底，我看到网络上的一张照片，一手执圩灯的女子站在亭内向白雪茫茫的远处眺望，我将图片发给了黄同学算是出题了。当时，我正住院复查。他在微信朋友圈里看到了我发的文字和图片，看到了我孤零零的一个人在病房里，看到了我写的对药物过敏的恐惧，起了同情心。于是他在微信上写了一首诗，鼓励我安慰我，因此创立了手枪体汉诗。当时看着图片，那情那景勾起我许多的心事。老公远在海外，儿子出差在外，我一个人在寒冷的冬天住在医院里，多次因药物过敏在生死边缘游走。那手持圩灯在雪地里翘首远眺的女子不正是我自己吗？我不由写下一首诗。

一声叹息

风冷

雪寒

执一盏孤灯

点亮我的心

你的眼睛

独倚兰亭

心随雪舞

披衣向晚雪域无边

盼雪地响起归来欢颜

……

雪夜

独叹

寒风递来清寂幽怨

雪落窗棂泪湿素颜

这就是我当时幽怨悲凉的心境。

夕阳西下，不觉凄凉日暮，悄叹息，泪潸然。家的温暖如影像闪过，偌大的病房里都是与我同病相怜的人，她们刚刚得知自己的病情时根本无法接受，更不可能心平气静地面对。我的耳边是病人和她们亲人难以抑制的哀号声、叹息声和劝慰声。一个人在这样的环境里怎能有好心情？孤单与恐惧将我紧紧地围住，我害怕因为药物过敏突然离世，那样我将留下多少遗憾！是啊！癌症是不治之症，若非发现得早，只有死路一条，面对死亡谁不胆怯与悲哀？此时，我多想我的亲人能守在身边。

当黄同学用微信发来那首新创的手枪诗后，我觉得很美。我直夸太美妙了！此诗形体像一把手枪，故曰手枪体汉诗。传统汉诗讲究的是平仄美、韵律美，绝句的平仄韵律要求很严，律诗平仄、对仗要求更严，比较难学，像我这般浅薄者想学就更难。由于我平时较喜欢读些古诗词，苦于不会写，有这样一种我们都能学会又有韵律美的诗体，我很意外。说是诗，更有词味，长短句像词一样参差不齐、韵味十足，又不似词牌那样声韵严格。这样要求不是十分严格的新诗体，不再是让普通大众望而却步的诗体，叫我怎么不喜欢！读着诗我也学着写，在诗里徜徉，我忘了病痛和对药物过敏的恐惧。我将我学写的手枪体汉诗发在我网易博客和微信朋友圈里，好友们都称新奇，并用手枪体汉诗与我唱和，我在平静中度过了那次复查。

黄同学将这次创新归功于我，我惶恐！这是黄同学文学功底深厚、蓄势待发的结果，也是黄同学慈悲的菩萨心肠的体现。正应了"爱出爱返，福往福来"，与其说新诗体的创建与我有关，倒不如说是上天给予慈悲者的福报！

我感谢！感谢网络上的那幅图，感谢微信给了我们这样的平台，让普通人圆了诗人梦，感谢老同学创立的手枪体汉诗圆了我的诗词梦。我是个肤浅的人、忧郁的人，我想倾诉但不善言辞，我将所有的欢乐与烦恼、喜悦与忧愁都用文字表达出来。而像词一样婉约忧郁的手枪体恰恰能让我很好地表达，我喜欢这美丽的邂逅！

　　时间过得真快！黄永健先生创立的手枪体汉诗经过一年的磨炼成长了，成熟了，也得到了许多人的认可。在黄同学的指导下，我的手枪体汉诗写作水平也提高了。作为老同学，我除了自己喜欢手枪体汉诗外，只能在推广上尽我一点绵薄之力，让更多的人了解手枪体，让手枪体汉诗走得更远！

当诗歌遇到互联网

紫藤山　申峥嵘

"当诗歌遇到互联网——深圳首届华语诗歌颁奖盛典",昨天下午于深圳南山图书馆举行,此次活动由世界华语诗歌联盟、深圳市南山区文艺评论家协会联合主办,南山图书馆承办,活动得到了深圳市政府和南山区委宣传部的大力支持。来自北京、厦门、武汉、广州、香港地区及深圳的诗人、诗评家并南山读者一百多人,参与见证了此次诗歌活动。

世界华语诗歌联盟主席、诗人、诗评家李黎先生,为南山读者奉献主题讲演——"当诗歌遇到互联网"。李黎以跨国诗歌学者和诗人的视角,对互联网为诗歌尤其是汉诗的革命性洗礼,进行了客观的透析和分辨,指出互联网引发诗歌写作热潮乃大势所趋,微信昼夜及无边界深度互动,激发了诗歌写作者的穿越性想象,调动了社会对诗歌的参与激情,而汉语诗歌因其文字的形象性和语声的音乐性双重优势,成为我们当代中国人可资充分利用发挥的文化财富,在尊重并发扬光大诗的美感的前提之下,网络时代涌现并一定会出现精品佳作。当有人问及余秀华事件时,李黎回答,这只是文化时尚或流行文化,与流行音乐相仿佛,相信这段插曲毕竟会流行一段时间,随即飘散。笔者基本认同这个观点。

随后举行了简短的深圳首届华语诗歌颁奖仪式,深圳一位13岁的网络小写手获特别奖,深圳网络诗人"天都峰""紫藤山"等获得二等奖。

厦门朗诵协会会长彭鹭,深圳王开泰、任艳春、杨梅、许敏、梁云等分别朗诵网络诗歌佳作,紫藤山朗诵了手枪诗近作《小苹果》,得到了现场小读者及中年女性读者的强烈响应。

小苹果

小苹果

你爱我
天宽地大
爱我爱我
五十才发芽
六十一朵花
丢开它丢开它
跳起来姐妹花
举国狂歌小苹果
我是广场一枝花
芙蓉花
面绯红
朵朵绽放碧波丛！

心在他山，怎识庐山
——驳叶橹新诗立体伪命题论

黄永健

叶橹在《中国当代文学研究》刊发文章《关于新诗诗体问题的思考》，认为当代汉语诗歌诗体建设是一个伪话题。全文的主旨：诗是无限自由的，汉诗诗体建设在当代没有意义；现代诗的诗性表现在语言上，而不必在乎其外部形式；诗的评价标准是其语言的表现力，如艾青、曾卓的诗美在其语言的内在张力，外部形式可以忽略不计，如古人的押韵、对仗、平仄都是外部形式，并不关乎诗的内在之美；今人用格律诗标准来评价贬斥现代诗（新诗），则是中国人的集体无意识在作怪。

本人对叶橹没做过深入研究，但看他的学术简介，其研究范围主要在现代诗方面，并写过《漂木十论》，大致可以认为叶橹与当代许多诗评家一样，目光局限于被西方文化和西方自由诗笼罩的"现代诗""新诗"，而对"现代诗""新诗"背后的文化价值观不做探讨。他们目光局限于20世纪中国诗歌和西方诗歌，而对诗歌历史和诗歌的文化学意义不做探讨，奉"自由"为诗歌的终极、唯一、最高标准。

"自由，自由，多少罪恶假汝之名以行！"这是法国大革命时期被雅各宾派送上断头台的罗兰夫人的名言，可惜至今还不足以震惊奉自由为上帝者的灵魂。叶橹及许多将当代诗歌无边际放任的现代诗诗人即是如此，被自由附体之后，误以为诗歌可以为所欲为，永远自由下去。

本文仅从叶橹反对汉诗立体而陈述的4个立场，逐一驳斥。

作为一篇学术论文，叶橹的文章纰漏很多，很多论述自相矛盾，如在论文摘要里指出现代诗的诗体是流变的，承认诗体随文化语境的演变不断变化。那么汉诗诗体从"自由体"流变为"现代格律体"是理所当然的，就像文化一样，变中有定，定而后变。如果我们只认流变，不承认文化积淀的历史事实，则人类文明何从谈起；如果我们只认诗体无限自由，则人类历史上的汉诗格律体、十四行体、俳句等何从谈起。

叶文对当代汉诗诗体重建命题不屑一顾，其理由有 4 条。

叶橹反对汉诗诗体建设第一个理由如下。要建设一种诗体，就必须有一整套的设计蓝图。以一种什么样的方式来建设这种诗体，几乎没有什么人能够拿出方案来，而是语焉不详地要求"格律化"。

对此，笔者认为：汉语诗歌界以及中国几代知识分子一直对自由诗（现代诗）保持几乎发自本能的观望态度。现代诗打破格律，分行成为唯一外在形式，如果能守住语言表现力的底线，还是诗。但现代诗连语言表现力也可突破，沦为口水诗、梨花体、白云体等。诗蜕变为观念和哲学，诗彻底沦亡，这是当下汉诗主流的真实表现。《诗刊》被撤出中文核心期刊序列，透露人们对"自由"和"自由诗"的厌恶情绪已十分高涨。与此同时，汉语诗歌界从理论到实践两方面，都出现了勇于探索新诗体、建构新诗体的创新苗头，并取得了初步的实绩。几代人在汉诗诗体建设上的失败，归因于模仿西方格律（闻一多）、想当然拍脑袋（何其芳），当代汉诗诗体建构路径大致不出以上二者。

近年来，在文化自觉和文化自信话语声浪中悄然诞生的"十三行汉诗"，已经有力地回应了叶橹的"诗体建设伪话题论"，并从理论上呈现出叶橹所期待的"一整套设计蓝图"。

十三行汉诗既不同于闻一多的"三美体"，又不同于九言、十一言体等，它是在天然整合中国传统三言、四言、五言、七言诗体及骈赋、词曲诗体基础上，遵循"起、承、转、合"宇宙规律而创设的汉诗新诗体。十三行汉诗诞生 5 年多来，得到了海内外诗人的广泛关注和参与。目前，十三行汉诗已形成了既定格式，出现了多种变体和一批创新作品，其"设计蓝图"如下：

采用普通话（国语）新韵，协调平仄。平（阴平、阳平）仄（上声、去声）举例如下：

  平平仄
  仄仄平（可押可不押韵）
  仄仄平仄
  平平仄平（韵）
  平平平仄仄
  仄仄仄平平（韵）
  仄仄平平仄仄
  平平仄仄平平（韵）
  平平仄仄平平仄

仄仄平平仄仄平（韵）

平仄仄

仄平平（可押可不押韵）

仄平平仄仄平平（韵）

根据基本格式，可加以变通、创化。具体如下：

1. 格式。统一使用十三行（可双写、连写、加长等）。

2. 对仗。除最后一行单行外，其他双出句采取对偶形式，可全对仗，可部分对仗，可用流水对等。

3. 全篇结构：起承转合

　　起：1、2、3、4

　　承：5、6、7、8、9、10

　　转：11、12

　　合：13

4. 可押仄声韵。押平声韵，亦可押仄声韵，亦可平声仄声韵互押。

5. 换韵。全诗可随语势语调换韵，换韵止于三转。

6. 不韵。情感直接真挚，可不韵，但整体情境周全，气格完整。

7. 雅不避俗，俗而能雅，雅俗共赏。

8. 感受当下语言变化，传递现实。

十三行汉诗按照这个创新形式，有力地与现代诗拉开了距离，确立了汉诗的当代新表现形式，同时它与古代汉诗的形魂相与一气，有力地拓展了现代汉诗的表现能量。如最近出现的《改革开放40年》十首连写十三行体，在130行的篇幅内，鲜明生动地展现了深圳改革开放40年的历史内涵，根据该作品所书写出来的书法长卷，已为深圳博物馆永久收藏。

叶橹反对汉诗诗体建设的第二个理由如下。他认为：如果一味地强调所谓"诗体建设"，反而会让人感觉到自由诗的形式似乎是另类而非正统的。现代诗的格局，应该是真正意义上的百花齐放而不是厚此薄彼。试图用"诗体"来一统天下的格局，是永远不可能实现的。

意即现代诗当下且将来都是正统的、主流的，在汉诗领域没有其他任何诗体可以与现代诗比并而立，或后来居上变为主流诗体。这不禁令人想到文化终结论者福山先生的高论，即人类文明既从被"现代化"以后，将一劳永逸走西方化的道路直至永远，叶橹有何理由敢于断定拥有五千年文明传统和诗歌文化的中华民族，仅仅尝试现代自由诗数十年，就一定会永远"现代诗"下去。其在文中一再强调诗体流变，如果现代诗永远主导诗坛，诗体流变岂非等于没说？

叶橹反对汉诗诗体建设的第三个理由如下。自由诗的形式是具有无限可能性的"无体之体"。人们无法预设它应当具备一种什么样的形式，它只能是在不同诗人的创作实践中得到丰富和充实的。当今诗坛各类刊物所发表的诗作，80%以上都是自由诗，它们的生命力和认同度，不是任何人能够改变的。它的存在显示的真正意义在于，诗的追求自由的精神得到了充分的体现，这正是诗的本性之所在。

笔者认为：当今各类诗刊80%的作品是自由诗，可是在互联网时代，纸质媒体江河日下，诗刊等纸质媒体刊登的现代诗仅为全部汉语诗歌的一部分，网络上古体诗、创新诗体总量绝不在现代诗之下，况且，以纸质诗刊所代表的现代诗及现代诗人群正在遭遇群众的质疑和文化的反弹。正是因为"无体之体"，极端放任，反美学、反文化并呈现出野蛮回归的前文明性特征（这种野性的回归，在人类历史上具有阶段性的必要，但不具有永久性的必要），现代诗及其背后的价值观成为人类求善向美的当下性"障碍"。

叶橹反对汉诗诗体建设的第四个理由如下。我国的古典诗歌，从最早的四言、五言、七言的自由诗而发展到后来的格律体，从文化建设的意义上来说，无疑是一种进步。格律体的五言、七言诗无疑出现了大量的优秀之作，但也存在着为数更多的伪诗。特别是随着时代的发展而出现的词曲，以更为多样的体式丰富了诗的形式。这种形式的流变，正是基于对内心世界更广阔的自由表现而出现的"诗体建设"，现代生活丰富了人的内心世界，自由诗取代古典格律体是为必然，古典诗超稳定的结构无法与时代前进的步伐相抗衡。

笔者认为：中国最早的诗式可推至二言诗《弹歌》，从二言、四言、五言到七言以及词曲是否是诗体建设进步？未必。人类史前时代的诗歌是无格律、无形式，极其个人自由主义的，今天汉诗学习西方现代诗奉行无格律、无形式、极端个人主义，那不是又倒退到了史前时代？

古典诗的超稳定结构不能完美地再现当代生活，但创新汉诗诗体，能打破这个超稳定结构，建设一种既稳定又开放的诗体结构来再现当代生活。我们不能因为这种可能性还没有出现，便断然否定它的生机。况且，近年来借助互联网已悄然问世的十三行汉诗，已生机勃勃地展现了汉诗诗体建设的美好前景。

"十三行"汉诗有可能会改变和激活中国诗歌吗

朱铁舞

我平时习惯于写反题文章。不过，有时候话还得从正题说起。

最初注意到"十三行"汉诗的提法是在2018年的《名作欣赏》上。后来问了深圳大学黄永健教授，他说2016年至2019年连续4年，他在《名作欣赏》上发了4篇关于"十三行"汉诗的论文，其中2016年12期还是头条文章。我看的是2018年的那篇《承续、吸纳、革新——十三行汉诗的诗体优势分析》。该文的摘要说：

"微信平台所催生出来的十三行汉诗（手枪诗），是近年来产生了较大社会影响的'格律体新诗'，十三行汉诗于当代自由诗产生了较大的审美碰撞，其发生、成长及未来的发展趋势，都与当代中国的文化语境关系密切，因数字隐喻的文化感受等原因，使读者对十三行汉诗与十四行诗产生对比讨论的兴味。"

这个摘要有两个关键点引我注意：一个是微信平台催生，一个是十三行汉诗与十四行诗的对比。提倡"格律体新诗"的人多矣，唯十三行汉诗由微信平台催生，风生水起，值得关注。而十四行诗，肯定是指外国的商籁体，这可以说是一个非常成熟的诗体。十四行诗引进中国后，已为诗界接受。要说新诗里有没有成熟的格律体，十四行可算是不可否认的一个；"十三行"汉诗（手枪诗）要与它媲美，雄心可谓大。当时我正热衷于收集各种各样的自由体十三行诗，我想研究一下新诗的写作规律，并认定"十三行"是一个"不短不长"的选择。理由在《新诗的"不短不长"》一文里说了（《文学自由谈》2019年第6期）。

一时间，我读诗只读十三行。最初的理由可能就是新诗太庞杂了，我需要缩小阅读范围。

后来我去东南大学参加一个学术会议，遇到深圳大学的黄永健教授，看到他在会上拉出了十三行"手枪诗"的巨幅书法，有点震撼。

再后来在电话里简单交流了几句，我们竟然对十三行有相当一致的看法——以此为突破口或许能激活中国新诗。只是黄教授搞的是定型体的研究,我是搞自由体的研究。我们都为了寻找所谓的现代汉诗的"汉诗性"。现代汉诗的提法早就听说,但究竟何为汉诗?学界依然没有定论。

看似"十三行"汉诗的提出是一个小细节,说它能够改变和激活中国诗歌,这个口吻似乎大了一点。不过,黄教授对定型"十三行"的认识定位还是很高的。仔细想想,把一首现代新诗限制在十三行、六十三字内,无论你是口语还是书面语,在汉字的妙用、字数和节奏、行数与限制、诗形和表达、想象与自由方面,可能会有所成就的。"十三行",因其不短不长,对很多人不满自由体新诗过于"自由",古典格律诗"束缚"太甚,固然有所启示性的。"十三行",不是刻意的限制,而是宽松的限制。甚至在我看来,要根本改变中国新诗的现状,在只有软要求,没有硬束缚的背景下,不妨从选择"十三行"汉诗入手,也许是一个很好的抓手。也有人设计过很多新诗格律的"硬抓手",也有许多人去实践,热闹也停留在学人的书斋里了。现在既然有人这样专注地在做"十三行",我们也不要浪费这一份资源。

从现有的资料看,现代"十三行"汉诗由深圳大学黄永健教授提出。源于一次在微信上安慰老家安徽病榻上的挚友时,黄教授突发灵感在手机上创作,因诗体形状酷似"长松披竹、松竹合体",故称"松竹体汉诗",该诗体形如手枪,故俗称为"手枪诗"。由于它的字数和行数容易记,相比汉诗五七五的简短,它更容易表达思想。关于"手枪体"诗的写作要点,黄永健教授认为"手枪体"诗是把诗经、汉赋、唐诗、宋词、元曲各类形式囊括入诗体,还有三言、四言、五言、六言、七言传统主流诗体总括进来。这一点在我看来有点雄心太过。倡导者最初的设想,写"手枪体"汉诗,还需要注意用韵,还要注意平仄间隔换韵等要求。这个最早的要求,在后来的实践中被变通,人们在"十三行"里依然在表现各种自由。本人在既定行数字数的规定下,从低俗到高雅共实验了十三种不同体式。黄教授一时惊呼:"手枪诗,原该这么有趣!"

在这里不妨举出几首说说:

机枪发明者哈利姆·马克西姆的独白(独白体)
　　我名叫哈利姆我不得不离弃故乡去往旧大陆美国不需要我发明的机枪金属逻辑制成活着的人都恨它然而有人需要它杀戮来杀戮去用暴力刺穿世界

再看看翻译体原文：

机枪发明者哈利姆·马克西姆的独白（作者：谢尔盖斯特·拉斯维尔斯基）

我是哈利姆·马克西姆，一名发明家，但我不得不离弃我的故乡美国，去往旧大陆，因为我发明的机枪，用金属和逻辑制成的杀人武器，美国不需要。然而有人却需要它，英国人、德国人和俄罗斯人为了杀戮祖鲁族人、日本人、中国人、印度人，然后呢，再相互杀戮……像强盗一般，死亡从天而降生灵涂炭——一幕幕死亡上演。认知无法穷尽，但其中——没有一点创造性，反而时常带来毁灭，联想最多的是血腥，黏糊糊的堑壕垃圾，没来得及掩埋的尸体。可是得承认这些——是一种进步，而进步——意味着意志力和权力，人民头顶上的和根植于科技的。是的，我听到过……非暴力……痛苦之无辜，每一个活着的人都不需要……可这只是野蛮的皮肤黝黑的先知们的思想……战争呢，依然在发生。世界已被暴力刺穿，非暴力的、绅士的印度人将无力回天。

这是一篇后制作品，标明了是"独白"。材料来自一首翻译体诗，标题《机枪发明者哈利姆·马克西姆的独白》有点硬劲。翻译体28行，有点啰唆，不像是诗；后制成13行，是否更简洁，更像诗了呢？这同样也是代言体。诗里有角色——戏剧化，这是一个很好的实验思想。都说现代汉诗受西方诗歌影响，我们许多诗歌都写得像这一首翻译体一样，却不知汉诗简约的好处。这只有经过比较才能得知。

再看一首：

十三行，后制霍庆来先生改革开放感吟之一
依韵李殿仁中将礼赞航母
（老干体）

挂云帆，
下深洋；
斩浪劈波，
弹射天狼。
呼啸雄鹰驱敌，

巡游舰艇遏狂。
冲开岛链军魂振，
打破禁封士气昂。
兴中华，
凭重器，
海天辽阔信由缰。

附：霍庆来先生原作
依韵李殿仁中将礼赞航母

云帆高挂下深洋，斩浪劈波威八方。
呼啸雄鹰驱敌寇，巡游舰艇遏嚣狂。
冲开岛链军魂振，打破禁封士气昂。
崛起中华凭重器，海天寥廓信由缰。

这又是一个后制的实验；纯粹是一次诗体的改编。无意否定原作，也不认为后制品胜过原作。只是想通过这样的后制，证实一下，新诗是否能从旧体里产生，探索艺术能以何种方式重组？笔者曾于2009年第7期《中华诗词》发表《格律体新诗可否在旧体里产生？》。今闻南方有十三行松竹体（因其外形如手枪，又称"手枪诗"）定型诗，特做此实验，把这首诗规定为"老干体"，怕是不会被人否定的。这个改编后的十三行"老干体"，打破了平仄定律，利用原有词句，却比原作活泼，也是事实。这是从另一角度讨论新诗。

我们再从现代性角度考虑，在十三行和字数的限制条件下，能做出什么样的实验呢？请看下面这一首：

梦

楼梯里
遇到他
我和他笑
他没有笑
就走过去了
我认错人了？
还有个他走来

他说你们认识？
办公会上见到他
他原来就认识我
他是谁？
我是谁？
壁上一盏灯亮着

  这一首的实验思想是现代性。如果不说这是一首有意为之的十三行"手枪诗"，人们自然会把它视为一首白话口语的现代诗。诗歌的主要特点是简单、自然、直白。一个真实梦境的记录，将都市人的白天黑夜、人与人之间的冷漠，揭示了出来。难怪不少人读了此诗觉得颇有深意。传统的继承之突破口就在现代性，其难点也在这里。现代性如何激活传统，值得我们思考。
  像这样的实验诗我共做了13首，13首体式各不相同，我还有意识把莎士比亚的一首十四行诗后制成十三行的"松竹体"，用以实证"汉诗性"的简约。

美玫瑰

（转译体）

美玫瑰
当蕃息
优美子孙
继承芳菲
明亮的眼睛
订婚的光彩
丰收造成饥馑
会教自己受害
你是鲜艳的珍品
莫叫自身葬花蕾
可怜这
世界吧
美要活用才真对

附：莎士比亚十四行诗第一首

我们要美丽的生灵不断蕃息，
能这样，美的玫瑰才永不消亡，
既然成熟的东西都不免要谢世，
优美的子孙就应当来承继芬芳：
但是你跟你明亮的眼睛订了婚，
把自身当柴烧，烧出了眼睛的光彩，
这就在丰收的地方造成了饥馑，
你是跟自己作对，叫自己受害。
如今你是世界上鲜艳的珍品，
只有你能够替灿烂的春天开路，
你却在自己的花蕾里埋葬了自身，
温柔的怪物啊，用吝啬浪费了全部。
可怜这世界吧，世界应得的东西，
别让你和坟墓吞吃到一无所有。

  本诗亦属后制，是莎士比亚十四行诗第一首，选了屠岸译本。莎士比亚十四行诗是驰名世界的。对诗人而言，诗的结构越严谨就越难抒情，而莎士比亚的十四行诗却毫不拘谨，自由奔放，正如他的剧作天马行空，其诗歌的语言也富于想象，感情充沛。本实验思想是，世界上地位最高的诗篇，能否后制成一首十三行"手枪诗"呢？中国式的十三行能否挑战一下西方的十四行呢？笔者选择了屠译第一首。当诗行落到"美要活用才真对"这句时，你不觉得这一句也意味深长而隽永吗？但中国诗歌的汉诗性如何被激活，这是一个重大的课题。

  除此之外，我还做了童谣体、古诗体、易经体、抽象体等不同体式的实验，还写了一份《实验报告》，这13首实验诗被黄教授认定"为手枪诗诞生以来最不随意、最不可轻易否定的开拓之作"（见《赣零文艺》）。

  不可否认，在"十三行"汉诗的推广中，我们可喜地看到，随着新媒介、新技术不断进入大众视野，网络传播媒介不断涌现，新技术、新媒介在改变了大众生活方式的同时，也改变了大众的文字阅读习惯、写作习惯、评价习惯、沟通习惯，传播技术与方式的革新同时赋予了大众表达与发声的权利。黄教授创导的"手枪诗"作为一种新诗体，乘着移动互联网的东风应运而生。这是黄教授与其他"格律体新诗"提倡者不同的地方。

"十三行"汉诗是感性的、鲜活的。对此,黄永健教授还另有解释:"手枪体"汉诗,手机操作,即写即发,传送情感。有手机才有"手枪体"。"手枪体"说白了就是"手机体",是手机时代应运而生的一种文化传播形式,人人可以用"手枪体"抒发感情!在深圳,更是通过文创把"十三行"汉诗("手枪体")推向社会,在书吧,在诗社,在各种会议的场合,融入书法、音乐、雕刻等手段使十三行汉诗("手枪体")得以普及。据知,在深大南校区简阅书吧的"手枪诗吧"经常举行文创雅集,召集美术界、设计师、商会、诗人企业家代表参加论坛,共同商议文创合作。这为"十三行"汉诗为民众接受开辟了一条新路,也证明了,诗不为少数精英独有,各个层次的人都需要。

在这里我举一首黄教授的"手枪诗":

论极端个人主义

一阵风

一阵风

自由无价

嘻哈咕哝

美杜莎转身

病毒妖重逢

中国全民封锁

彼方坏笑屠龙

世运无常也又常

一阵风来全球红

一阵风

一阵风

松风劲峻送警钟

这只能算是一种风格,说不上是上乘的艺术品。

我认为,当下还是缺乏非常纯粹的艺术性写作氛围。"手枪诗"的命名,也常常被人误认为是文字游戏。事实上许多写"手枪诗"的人也正一时处于游戏调笑的状态,或者简单的应时应需的很多,尽管有些诗很健康、很正确,但艺术性不够。于是有人就说,人们想看的还是正正经经写的东西,他们列举历史上文人的小把戏,什么顶真句、回环句,声称古时候也有所谓的各种探索。这种现象不能不警惕。在"手枪诗"的写作中，真正在文体上对限制与表达探索的较少。在有一定限制的前提下，人们表达的自由度如何？艺术性的含金量有多少？这还得取决于诗人如何优化心理表征的丰富性。事实证明，设定一定的限制并不妨碍表达自由；在一定限制的条件下，能否获得表达，是一个能力问题。可能，大部分诗作仍没能摆脱"手枪诗"暗含的某种机械性，很多是功能性表达，而不习惯于在规定形制下做突破性的探索和对艺术性表达的追求。如果满足于当下的一定的宣传功能，而不能照顾到对未来的"历史读者"产生诗性或艺术性的影响，那就有点短视了。

因此，在当下"十三行"汉诗创作中，我们必须认识到"十三行"的"手枪诗"的每一首也都告诉我们，它本身的价值是有限的。新诗不可能就是只有"十三行"，更不可能只有"手枪诗"。任何精神类的产品，它离不开一定的世俗基础，"手枪诗"得以推广是因为借助了新媒体。研究艺术（在这里指"手枪诗"这一诗艺）若不把历史和社会的情况考虑在内，是很难想象的；因此站在诗歌以外的立场来考察"手枪诗"，也是正当的。叫好的、说坏的，所有的反应，都从某个方面说明一些问题，至少表明了不同人群对世界的不同态度，而这些恰恰是由态度后面的人、人的世俗活动所决定的。大诗歌时代，需要一个诗歌之上的立场。这样说的原因是，"十三行"的"手枪诗"容易被人掌握，不同层次的人都需要，它们的艺术价值肯定不是在一个水平上的。这一点大家一定是心知肚明的。

更进一步，我希望"十三行"汉诗的研究，只是一个缩小研究范围的做法，但它还是应该做到不仅包括有字数、行数甚至有韵律要求的限制的定型诗体——"手枪诗"，也包括不定型的"十三行"自由体诗，把那些自由写作中自然而成的"十三行"诗也收集起来，对研究自由体诗写作的限制和表达也许同样具有普遍意义；在更广的范围内对汉诗写作的规律做一些研究，十分必要，就汉诗写作的历史来看，诗到十三行为止的，是《诗经》里就有的模式，不信可以去查一查。说到底，汉诗需要艺术的判断标准，而不是简单易行的形式标准。"十三行"有可能激活中国诗歌，就看能提炼出什么概念来，可以指导人们的写作。比如，由"十三行"的"手枪体"的流行，是否可以进一步推断可以用自由体新诗的语言对别的旧体词曲的"体"做一次普遍激活，从而也对新诗的"自由"给一点"体"的约束——这当然也只是一种实验，但至少是给新诗作者提供了一个有约束的可以操作的自我训练办法。这毕竟是发生在汉字范围内的一件十分有意义的事。探索的目的也许还能从另一角度证明：新诗是否也能从古体里产生。众所周知，闻一多的探索在新诗史上影响深远，诚如唐晓渡所说，闻一多所主张的格律诗，作为个人实践可谓大获成功，但作为某种范式，其普遍性应该说极为有限（《文艺报》《理论与争鸣》）。闻一多是如此，"十三行"汉诗"手枪体"这样单一的格式，其影响又会如何呢？某个探索的可能指向和最终目的是什么，决定了这一探索的价值。我们假设"十三行"汉诗有可能会改变和激活中国诗歌，这一定和它设置的前提是什么和指向范围有多广有关，这是实践者和研究者首先要考虑清楚的。新诗的前途如何？就看是否出现新诗的"明白人"——真正的历史"读者"。他们知道什么是应该坚守的，什么是应该理解的，什么是必然的，什么是暂时的，什么是当下有效的，什么是未来的。至此，我们是否也应该对"十三行"汉诗的探索，列出一份"负面清单"呢？比如它的简单易行，导致它有可能被很多人粗制滥造，每天一首，一年能写出300多首。其实，诗歌界对任何一种探索，都应该具备一种"负面清单"的意识，这样才能使其健康成长。很久以来，这已为很多事实证明。比如，民间被人诟病已久的"口语诗"至今仍疯狂，由于没有"负面清单"意识，不适当地夸大自己在诗界的地位而继续被人诟病；作为文学现象，即使进入文学史，也不足为荣。许多诗的艺术性不够，而随着人们文化觉悟的提高，人们会提高对诗歌艺术性的要求。不错，一些诗歌现象会进入文学史，但将来的人们对文学史的阅读仍然是清醒的。

于今，由大学教授亲身倡导，并被列入国家社科基金项目，这样的项目更应该有"负面清单"意识。

事物的命名都有前提和边界。

世界是一本书，不旅行的人，只读了其中一页。

新诗走到今天，人们开始关心诗体，这是令人欣喜的。历史呼唤新诗的改革家，这是必然的。

浅谈松竹体手枪诗

刘祖荣

所有的语言都在寻找华丽的礼服或坚硬的盔甲，去娱悦众生和抵抗死亡。汉语的方块字是世界上最具生命力的符号。

汉字衍生了丰富的文化载体，可以说是中华文明绵延不息的重要软件。

在书法、对联和各种文学体裁中，璀璨的诗歌不停地演变着，涌现出许多不同文学形式的佳作，华夏因此有"诗国"的美誉！"凡一代有一代之文学，楚之骚，汉之赋，六朝之骈语，唐之诗，宋之词，元之曲；皆所谓一代之文学，而后世莫能继焉者。"著名国学大师王国维一语道出了汉字的变化性。不管诗经的四言体、楚辞、宋词、元曲，本质上它们都属于诗歌。

2013年12月27日深夜10点左右，松竹体十三行新汉诗在机缘巧合中诞生于微信平台。它是深圳大学黄永健教授在安慰患病发小时，无意中创作出来的，因为形状如同一把小男孩都喜欢的手枪，又称"手枪诗"。

松竹体手枪诗诞生两年来，褒贬各异，但阻挡不了它的茁壮成长。而今已繁衍出不止十三行又不失"手枪体"的多种形式。这里我只浅谈它最常见的其中4种，我们姑且把它们叫作"三七文"和"二六文"。"三七文"指每行3个字与7个字，例文如下：

好梦君来伴蝶飞
黄永健

怎么写
愁死鬼
手执圲灯
伊人等谁
终南积雪后

游草堂
庐州凌子

是非功过细思量
乘舟去
下岷江
万里桥西一草堂
百花潭水即沧浪

人比清风美	广厦万间安在
古今聚少离多	风雨寒士泪怆
长恨望穿秋水	名岂文章著
知音一去几渺杳	茅屋溪畔旁
暗香黄昏浮云堆	壮志未酬
不如归	大江浩荡
不如归	一景点
好梦君来伴蝶飞	一草堂

"二六文"指每行2个字与6个字，例文如下：

元旦抒情	**回乡**
周阳生	刘祖荣
元旦	遍地花瓣凄清
抒情	冷风
微信群	夜雨
觅知音	摧残几许梦景
山南海北	空负多少痴情
天涯若邻	公园薄雾笼
醉发幽古思	晨运心绪萦
品茗韵颂今	紫荆花下
诗词歌赋齐炫	独与树倾
唱和之间心盈	春节近
诗友	念亲恩
若星	愁思
指尖处处风景	归程

诚如黄永健教授的诠释，松竹体手枪诗汇集了唐诗、宋词与元曲的特征，不拘于平仄、声韵，兼得诗经、楚辞与汉赋的风格。无可否认，任何格律诗都有限制性。如果我们把它只当成一种词牌，却又低估了它的包容性和迸发力！

当枪头向上，依次递增而不断繁复，诗情重叠累积，在最后三行时，猛一收缩，蓄劲待发（恰好在手枪的扳机处），待到概括性的结束语一扣紧，浓浓的诗意便如发射的子弹，直捣文心！

当枪头倒转向下，诗体颠覆了正常的起承转合（个人认为这是松竹体手枪诗最令人惊喜的研创）。前三行若渔翁撒网，笼罩而来，层层收缩，依次精练，最后的语句要极具力量，像支撑着高高飘扬旗帜的底座那样雄浑沉稳！我第一次在微信群里看到凌子的那首《游草堂》，心里激动万分。对这种新奇诗体我研究了好一阵子，遂写了首仿李义山《夜雨寄北》的诗相和：

夜雨寄北和凌子君
刘祖荣

多少离别付东流
巴山雨
涨心头
蜀道天堑步步愁
三峡易下难上舟
自身朝夕不保
君问归期能否
信笔穷词语
欲回无借口
倚窗北望
冬近梓州
四更夜
一薄衾

仿李义山写手枪体《夜雨寄北》和庐州凌子君。

附：夜雨寄北
李商隐

君问归期未有期，巴山夜雨涨秋池。
何当共剪西窗烛，却话巴山夜雨时。

适逢江苏省盐城市的周阳生和乔木两位"手枪诗"诗迷大力弘扬红山文化，

而后我以此为题写了几首相关的松竹体手枪诗:

黄帝传	阪泉之战
道行仁义安社稷	鹰熊罴狼豹狮虎
阪泉勇	七旗阵
涿鹿智	炎黄燹
法度礼乐施教化	阪泉十万兵马逐
五谷兴农民丰裕	擂鼓鸣天翻地覆
划分九州管理	华夏一争大统
龙族飞扬旌旗	黄帝败守城孤
崇玉彰美德	火攻幸雨淋
贤能禅让制	避杀神龙助
黄土苍生	奇袭反胜
同休共戚	同源共祖
天人合	何相煎
精神聚	炎归服
华夏	结盟
屹立	龙族

格律诗的优点除了工整有序、旋律优美、易记易诵外,字和词在恰当的位置,往往能发挥出超乎本身意义的感染力。如王安石的"春风又绿江南岸",一个"绿"字点亮了全诗,令人眼前浮现出绿油油的山野和白花花的波浪;亦如李清照的"争渡,争渡,惊起一滩鸥鹭",是非常有动感的一组画面,仿佛镜头牵引着我们移动、观看。以上优点在手枪诗里更明显和震撼!

例文中黄永健《好梦君来伴蝶飞》是对好友的思念,诗用反写描绘伊人的深情守候,来衬托自己的百般无奈!"不如归／不如归"一再吟哦,又是在手枪体的扳机处犹豫不决,其内心的痛苦挣扎令人为之战栗!末句古典的凝练与开篇的白话"怎么写／愁死鬼"并未让诗有怪异感,反而"梦蝶"的典故将诗质厚重了,想象力贯穿于读者的不同理解层面。若仔细阅读,黄教授这首诗还有蕴藏的典故值得反复品味。周阳生《元旦抒情》的"诗友／若星"分行置于扳机处,也使普通的比喻更加吸引眼球,随后"指尖处处风景"便让情深意切袒露无遗,朴实而真挚。

例文中凌子《游草堂》一开始"是非功过细思量"就抛出了巨大的主题思想，扳机处"乘舟去/下岷江"展现出李白"轻舟已过万重山"的辽阔气象；在底部亦是枪口的"一景点/一草堂"，将景点建立于弱不禁风的草堂上，其精神内涵何其重要！草堂是中国"诗圣"杜甫沦落四川成都的一处简陋居所，许多传颂千古的名篇由此而出，使成都草堂成为中国文学圣地之一。

我的那首诗《回乡》写作手法也类似。加拿大文学批评家弗莱在《批评的解剖》一书中说，"语法主要理解为句法或按正确的顺序把词进行排列（叙述），逻辑则主要理解为把词按着一种重要的含有意义的定式进行安排。语法是一种语词结构的语言方面；逻辑则是'意义'，它在阐释中永远是常见的因素"，"语法可以成为关于排列词语的艺术，所以在一定意义上——在文字意义上——语法和叙述是同一件事"。随着手枪诗越来越受各界关注，越来越多人参与创作，注入更丰富内容和语言技巧，未来出现更多感人肺腑的名篇佳作是可以期待的。

手枪诗将国粹的书法也激活了。中国著名红山文化收藏家、书法家乔木先生对这个新诗体推崇备至。他运用各种书体在横幅、条幅和扇面上书写手枪诗，章法与艺趣产生的视觉之美，令人眼前焕然一新！另一位红山文化专家、手枪诗大家的周阳生，和乔木是挚友。他俩在手枪诗的书法发展方面做出不可磨灭的贡献。在合著《红山神韵》一书时，为了增加文化元素，他俩构想出的手枪诗描写六千多年前的红山文化，使新颖和古老相互呼应，彰显着中华文明的蓬勃生命力。周阳生还创新了"一五文"（一至五字），以此增加书法的趣味与难度。

本文只浅谈我在微信朋友圈熟悉的手枪诗的一些情况，各方贤达对新汉诗的帮助难以一一论及，譬如深圳大学的闵敦亮教授、张桂红、陈桂萍（印尼）、祝飞、常逢生、湘涵等手枪诗诗迷在微信群组里亦常有佳作分享。种种祥瑞气象环绕着诞生才两年的松竹体手枪诗，我们有信心——它将是中华诗歌的另一道绚丽的风景。特此向首创松竹体手枪诗的黄永健教授致以万分感谢！

三个火枪手　叫板十四行
——松竹体与商籁体的世纪对话

周阳生　黄永健　乔木

一

松竹体十三行新汉诗诞生于偶然，是黄永健先生于2013年12月27日在手机微信上写诗慰问老家安徽生病的好友时，偶有灵感发现其诗在手机上编发以后，诗体形状酷似"长松披竹、松竹合体"，该诗体形状如手枪，故又冠以俗称"手枪诗"。

黄永健先生的松竹体十三行新汉诗问世两年来，虽也曾遭遇"网络暴力"，但因新汉诗前所未有的独特魅力，而"如松之不畏雪压，如竹之不惧风狂"，一路放歌，一路前行，并风靡海内外。

虽然笔者也曾写过手枪诗为松竹体鼓与呼，但从未认真地去将诸诗体进行比较，最近受黄永健教授启发，才在鼓呼之余，静心研究西方十四行诗和梨花诗，并与松竹体十三行新汉诗进行比较，谈不上系统研究，充其量是关注后的一孔之见。

二

商籁体（sonnet）是闻一多先生对西方十四行诗的音译，是欧洲的一种格律严谨的抒情诗体。初兴于意大利，后盛行于英、法、德诸国，意大利诗人彼特拉克是最早的十四行诗作者，并使这种诗体趋于完美。他的十四行诗故又称"意大利体"和"彼特拉克体"，由两节四行诗和两节三行诗构成，诗句每行十一个字节，一般是用抑扬格。韵式为环式韵脚（ABBA、ABBA、CDC、DAD，或ABBA、ABAB、CDC、DED）。16世纪初，英国诗人魏阿特和萨利将其诗引进英国，改为"三节四行和一节两行对句"，其韵脚排列又有多种变化。莎士比亚又将其诗改为每行十个音节，仍是用抑扬格，韵式是隔行押韵（ABAB、CDCD、EFEF、GG）。

松竹体新汉诗则是十三行，其韵式亦是隔行押韵，提倡用韵抑扬平仄，起承转合中松竹体十三行新汉诗两两对出，隔句押韵，在诗体上为两行三言诗，接着两行四言、五言、六言、七言，最后回归两行三言，最后一行为七言（44、55、66、77、33、7），亦可 22、33、44、55、66、22、6；还可 11、22、33、44、55、11、5，体式可基于十三行而多变。如写回环韵诗时，第一行第一个字的韵就要选好，在抑扬之中才能让第十三行最后一个字的韵回环。如写松竹倒影体时，还可采用 7、33、77、66、55、44、33。

三

松竹体十三行新汉诗，从其诗体和用韵来看，既有唐诗格律的平仄古风，又有宋词长短句之美韵。所以有不少学者称松竹体是一种有严格规律的现代词牌，一些诗作还蕴含音乐之美，可颂可歌、可吟可唱。

松竹体十三行新汉诗和梨花诗一样，同是毫无矫情、写作随意的产物，所不同的是在简约形式上，松竹体比梨花体又多了十三行的体式和用韵的要求。

松竹体十三行新汉诗在创作时，可以大白话入诗，正如黄永健在研发该诗时就曾以"怎么写，愁死鬼"的大白话开篇。其实遍览唐诗、宋词，大白话比比皆是，如骆宾王的"鹅鹅鹅，曲项向天歌。白毛浮绿水，红掌拨清波"。又如贺知章的"少小离家老大回，乡音无改鬓毛衰。儿童相见不相识，笑问客从何处来"，等等。但不同的是，大白话也必须合心有韵，俗中见雅。

诗是无国界的，诗是用文字创造的韵律美（〔美〕克雷）。是会呼吸的思想，会焚烧的字（〔美〕爱伦坡）。诗是至上的幸福，至善的精神，至佳而且至高的瞬间幸福的记录（〔英〕雪莱）。伟大的诗，是国家最珍贵的宝石（〔德〕贝多芬）。诗是生出来的，而不是刻意雕成，实乃浑然天成。松竹体十三行新汉诗就是生于手机微信而浑然天成，并借助互联网而风靡海内外。

诗无韵不美，诗拘韵不畅。松竹体十三行新汉诗就很好地在"美"与"畅"中，寻找到了平衡点和结合点，并让其在诗体上可诗可词。特别值得一提的是，十三行新汉诗最后一句是全诗的魂，对全诗能否"既美又畅"起到了定海神针般的作用。

松竹体十三行新汉诗创作时的选题可谓包罗万象，万事万物皆可入诗。有诗者喜欢将唐诗、宋词名家名作背景入诗，并注以对应的名诗名词而共赏；有诗者喜欢看图、看景写手枪诗，一景一诗，相映成趣；有诗者醉心于华夏文明源头的史前红山文化，用长青的松竹体去写远古的红山文化，一老一新，传承出新；还有诗者对心灵感悟、社会新闻、风花雪月、琴棋书画情有独钟；也有诗者开拓手枪诗功能，让其与企业和品牌挂钩……展现了松竹体十三行新汉诗之适众性和广泛性。

由于松竹体十三行新汉诗又更适合用于书法，众多书法家因松竹体十三行新汉诗的体式之美和形式多变，纷纷以多种书体形式来书写松竹体，并运用自刻的各式闲印补白添意，使得松竹体书法如诗如画，美轮美奂。更有书法家在写书法时，匠心独运，或写于松竹纹扇面，或将诗书写成塔松形、手枪形，将新诗书法创新得既美又畅。

四

从目前网上出现的作品来看，十三行体新汉诗不分节（最近有作者如深圳李太伯分节写手枪诗），而是以一对对方式迅速组合成十三行，表面上看它不分节，但实际上它与彼得拉克体或莎士比亚体一样分为四节，即"起承转合"。西方人未必知道中国古代作文心要——起承转合，但是诗无国界，必同此理。松竹体十三行新汉诗当然可以两次回车方式断为四个诗节，但从形式美感和快捷方便两个层面来考量，似无必要，一旦断开，很像白话自由诗。松竹形象散乱以至令人想象它是模拟十四行体，而其实因为汉字方块字及语音结构的阴阳对称性，使得汉诗的韵式、节奏和整体性与西诗有巨大差异。另外，十三行新汉诗志在开拓创新，又必然要学习十四行体和自由诗、散文诗的长处，如节奏的起伏、意象的调度、情绪的起伏跌宕等。

五

十四行体在严守格律的前提下，可以将一个长句分化在两到三个甚至更多的诗行中，十三行体新汉诗也可巧为借鉴，不必对偶两出，可以采用流水对、拈连、顶真、回文、重文、反复等形式，打破格律，千变万化，但其整体形式必须维持。按格式塔定律——整体大于部分之和，我们必须在充分认知两种诗体的差异性的同时，深刻理解其同守共遵之整体美。

六

十三行体新汉诗对于国人来讲，有"似曾相识燕归来"的亲近感，而十四行体（包括冯至等人的所谓上乘之作），都与我们的阅读习性格格不入。盖因十三行体新汉诗实暗含中华哲理——阴阳调和、变而不变、大道至简及起承转合（生成驻灭）之宇宙观和生命观。

比较十三行体新汉诗和十四行体，让我们回到了文化的发源处，同时又找到了文化的合流处和诗歌形式创化的突破点。

七

诗坛百花，适者枝发。各种诗体没有最好，只有更好。在互联网时代的文艺复兴运动中，适应者会发扬光大，不适应者会自生自灭，这是必然规律。所以我们在倡行一种新诗体时，大可不必厚此薄彼，而是要相互借鉴，容则双赢。诗言志，志缘心。让我们一起肩负起中国文艺复兴的使命，让中国的松竹体十三行新汉诗在风雪中犹如松竹长青于世！

"手枪诗"是创新还是复古?

怀思

鉴于"手枪诗"在网络巨大的影响,我认为有必要对其进行一次考察,研究一下它的艺术特点和性质,让人们对这个新的诗歌样式有个清醒的认识。它的起源很多人都知道了,我在此只需要简单回顾一下。2013年年底,深圳大学的黄永健教授在手机上偶尔写出了第一首在后来被其称为"手枪诗"的作品,并被他标榜为十三行新汉诗;在次年10月举行的"第五届华文诗学名家国际论坛暨印象武隆诗歌采风活动"聚会上,他做了名为"新诗二次革命的回应——手枪诗(松竹体新汉诗)创新引论"的发言,引起了与会者的重视,更因国内著名的诗歌理论家陈仲义与黄永健对这一新诗体的对话,引起了公众的关注。"手枪诗"在黄永健和诸方的宣传与力推下迅速走红网络,影响不断扩大,而黄永健本人也因此获得了几种奖项,其中有:2014年8月在安徽泾县举办的"中国首届桃花潭诗会"上,获得谢冕颁发的"网络诗歌发展奖";2015年1月,获得深圳首届华语诗歌颁奖盛典银奖。在他看来,这是他对吕进倡导的"新诗二次革命"的重大回应,是对当下诗歌的重大创新,是对"朦胧诗"和各种"无边界自由诗"的革新之举,用他自己的话来讲,"以荡涤廓清为当然使命","创新汉诗诗体,重铸汉诗诗魂"。

在他看来,这个新的诗体意义非凡。2016年1月15日,他在新浪微博上发表了《中国松竹体汉诗(乙未年鉴)序言》,说:

"手枪诗只是它的网名,手枪诗的学术命名——十三行体新汉诗,堂堂正正,与英诗十四行体,比并而立,即使是莎士比亚再生,老人家也会希望我们不必老是仰其鼻息,因为,诗歌及诗体在永恒变化之中,十三行体新汉诗及其背后的中国,与十四行体及其背后的英美,握手言欢,世界多了一个对话的伙伴!如果我们认同席勒的艺术游戏说,世界又多了个游戏的对手,诗歌又新出了一个可以谈话的伙伴。"

把他自创的这一诗体与西方的十四行体相提并论,可见这位黄教授真是信心满满的。西方的十四行诗体拥有大量的经典之作，艺术水平举世公认，但我们的"手枪诗"呢，它的具有高度艺术性的诗作在哪里呢？最为著名的是它的处女作，我们在此来重读一下：

> 怎么写
> 愁死鬼
> 手执圩灯
> 伊人等谁
> 终南积雪后
> 人比清风美
> 古今聚少离多
> 长恨望穿秋水
> 知音一去几渺杳
> 暗香黄昏浮云堆
> 不如归
> 不如归
> 好梦君来伴蝶飞！

这首诗糅合了中国古典诗歌中的三言、四言、五言、六言到七言，语言特点也完全沿袭了古典诗词的习惯，古意盎然，韵律流畅，读来朗朗上口，适合谱曲，但它的风格与其说是诗的语言，还不如说是宋词的风骨。而且，它的艺术性对我们的古典诗词完全说不上超越，我们随意翻读一首唐诗或一阕宋词，也写得比这好得多。充其量，这种新诗体只是在中国传统的词曲中创立了一个新的词牌而已。它的语言是复古的，形式是宋词的，虽然有韵律，有意境，但并没有更高的艺术价值。中国的古典诗词在毛泽东的手里已然终结了，再没有后来人可以对此进行超越，如果我们的新诗抛弃新的用语习惯和新诗的普遍形式，重返古典文学的怀抱，那么它只能是绝路一条，走不多远的；它只能作为一种局部的文学现象和个人的兴趣而存在。大力弘扬这一诗歌样式是可笑的，它甚至低于被黄教授"革命"的朦胧诗和"无边界的自由诗"。从诗歌发展史来看，和文学的其他样式一样，诗歌也是一直在发展和变化中成长的。无可否认，新诗是在西方文学和语言的冲击下介入中国的，导致了中国传统诗词的没落，自五四时期起，中国的新诗也走了将近一百年，朦胧诗在诗坛的统治地位和影响一直延续至今，有它不容置疑的历史贡献和意义，也有坏的影响。正如我在别的文章中所说的，对当今诗歌的不景气和边缘化，朦胧诗有着不可推卸的责任，但这是由于历史的原因和新诗在中国还没有发展到成熟的阶段，不能让哪个诗人来负这个责。不管是"梨花体""乌青体"还是黄教授独创的"手枪诗"，都只是在表明，新诗在中国远远还没有达到成熟的地步，它还一直徘徊在中国的传统诗词与西方诗歌的双重影响之下，没有形成自己的独立性和独特的艺术风格；它一直在摸索，在寻求出路，以期得到这个古老的诗歌国度的国民接受和欣赏。

我们的新诗的确受了太多西方文本和思潮的影响，各种旗帜乱树，越来越远离了民众的生活，读者也越来越少了，甚至大多数人还不知道有哪一首新诗是可以被自己记住和背诵出来的。无所谓的，新诗的发展和其他事物一样，都受普遍的规律性所制约，越是多人在这条路上走着，就越是能走出一条康庄大道来。我们抱着宽容的心态对待各种新诗的尝试性写法，但绝不提倡像"手枪诗"这种复古化的写法，表面看来是继承了传统的诗词特点，事实上，它不过是一种闭关自守的社会现象在意识上的反映而已，它有意识地抵抗西方文化的影响，在经济全球化的年代，像这样的意识已经落后于时代了。文学的发展必然是走向世界性和国际化的，它可以容许有自己的民族特色，但必然不能拒绝与国外优秀文化的融合和吸收，否则，这只能是一种倒退而绝非进步。中国社会的发展进程也已表明了这一点。如果中国不是在"五四"以后接受新思想的影响，就不可能有新中国的诞生。与社会的变革相适应的是意识形态上的变革，我们大量译介西方的文学作品和科普著作，也深刻影响了自己的语言使用和文学样式，让我们今天形成了现代汉语的语境和规范化的语言。这个世界在各种现代化的交通工具和通信设备的变化中日益形成一个整体，让任何保守的退避都成为不可能的事情。

况且，把新诗纳入固定的字数和格式中是危险的尝试，这只是一种形式主义的做法，新诗之所以称为新诗，也是因其自由的书写方式，不受字数和行数的限制。"手枪诗"和中国的格律诗与西方的十四行诗完全不能等同而语，因为这两种诗体都是在历史的沿革中自然而然地发展起来的，它不是某个人的独创和强加给诗歌的一种形式。在诗歌的发展史上，不管是中国的格律诗还是西方的十四行诗都已经被抛弃了，成为一种过去式，如果今天还有人以此来写诗，那也只是一种局部的现象而已，不成为主流的书写样式。对新诗的发展，固定的格式和格律是有损无益的，更别说像"手枪诗"这种偶然产生的作品。如果仅仅是作为一首诗或一首词来存在，无可厚非，但黄永健却想将其固定为一种新的诗体，来与西方抗衡，与自由体新诗叫板，则过于自负了。

"手枪诗"在一定范围内的流行也从另一方面反映了新诗发展到今天给诗人和读者造成的困惑。有人喜欢在一首诗中堆积各种各样毫不相关的意象，造成形容词泛滥成灾，各种修辞手法堆积，使诗中的意旨变得模棱两可、隐晦曲折，没有人能说自己真正读得懂这些拼凑画面的语句，常常这类诗作都是毫无诗意可言的，偏要借此来故弄玄虚，并美其名曰含蓄。另外，很多诗歌已脱离了现实的生活，而专注于个人的内心诉求，缺乏客观的情景。诗意的一切只能是存在于客观的世界之外，而不是人的臆想和编造，人们写诗，只是把这种诗意发掘出来并用一种恰当的形式进行表达。像这类缺乏生活内容的诗歌必然是没有普遍性的，别人感受不到类似的情感，它只是作者本人的呓语，得不到读者的共鸣，也难以打动人心并得到认可。此外，"手枪诗"在这个有着悠久诗词传统的国家特别容易引起共鸣，适合他们的偏好习惯和阅读习惯，因为很多人都受到过古典诗词的熏陶，要写几句古体诗词可以说是信手拈来都可以，有了这个固定的格式，要拼凑几句和写一首这样的"手枪诗"不会浪费太多心力。但归根到底，这只是一种形式主义和复古主义的新诗体，真不值得提倡。它不是一种革新和进步，而是对新诗西化的一种排斥。

  如果详细地考察陈仲义和黄永健就这一"手枪体"的谈话，人们不难看出，面对陈的诘问，黄的回答非常牵强，也做不出更有力的回应。陈仲义指出：一、"手枪诗"本质上是创立一种词牌，适合填词；二、它只适用于文言文、半文言文或半白话文，不适合现代汉语和语境；三、固定的格式必然导致模式化的填充文本。至此，我们大概也可以判断出这一新的诗体到底能给诗歌的发展带来什么有益的影响、它能走多远了。我不反对人们对于这一诗体的写作尝试，但如果有人试图以此造势，哗众取宠，混淆新诗发展的方向，则必须说清楚一点："手枪诗"本质是一种诗歌发展的倒退现象，是对自由体新诗失望之余的消极抵抗，它标志的不是文化的复兴，而是一种复古主义的做法。

双宝塔、拼贴及视觉习性
——关于手枪诗的几点思考

王译敏

近年，诗歌界出现了一种网名叫作"手枪诗"的诗体——松竹体十三行新汉诗，这是深圳大学的黄永健教授于2013年开始发起的一种诗歌形式。

关于新诗与旧体诗的讨论已经约100年了，自由体新诗已经形成自己的面貌，产生了许多优秀的作品。的确，新诗在形式上不像旧体诗那样具有严整的格律，长长短短的"样貌"使现代诗看起来比较接近古典的词，然而词也有其固定的格式——词牌。我在此之所以使用"样貌"这个词来描述，主要是应了目前读图时代的特色而言。比如，"手枪体""松竹体"这些名称都是以诗歌排版后形成的大致的视觉形象而言的。这种命名诗体的方法，细究起来也是从古代流传下来的一种习惯，比如"宝塔诗"等杂体诗。21世纪的当下时节，不仅出现手枪诗，还有很多以诗歌排版后产生的视觉图像来命名的诗歌体，如闪电体、海浪体等，也多属于图形类杂体诗。

黄永健教授创立手枪诗，希望能够重新给诗歌一个固定的格式，并且希望这种格式能够成为新诗的代表。对于当代的诗歌作者来说，如果某一种形式较为严格的图形类杂体诗上升为最主要的诗歌体式，可能意味着以后必须以此格式进行大量的写作，不免令人产生重新戴上枷锁的担忧，所以一时间出现了许多探讨。而且，其名称"手枪诗"所表达的意象也令人一时难以接受，尤其是对于诗歌界主流人士来说。尽管此诗体能够在网络上活跃至今，"手枪诗"这样一个通俗的名称为之助力不少。

对于这种诗体的出现，其实也不必过于奇怪，这是诗歌发展至今一个自然而然的过程。首先从现象上来讲，这种诗歌形体的出现，从某些方面可以理解为当代艺术思潮波及诗歌界后的一种反应。从艺术发生方面来看，可以归结到游戏起源说。而我所关注的主要在于这种诗歌的具体形式——已有形式的重组：双宝塔形式+"三三七言"结构产生手枪诗。

在形式方面，首先我感觉手枪诗这个逐渐递增字数的形式接近古已有之的宝塔诗，而且是其变体——"双宝塔"。两者的区别在于，一是把宝塔诗进行了字数、行数的限定；二是比双宝塔的形式多了最后的三行。其次，从网络上的《"手枪体"抑或"十三行体"？——陈仲义&黄永健仙女山"论枪"实录》一文来看，按照黄永健教授的解释，手枪诗的后三句是起承转合的缘故，需要回应前文，并起到与宝塔诗相区别的作用，同时，这种安排使诗歌排版的轮廓像一支枪。不过，我当时读了一些手枪诗之后的感觉是，有些部分给人的感觉很像是小快板，尤其是后三句恰好相符"数来宝"的"三三七言"格式。

老舍先生的文艺短论《诗与快板》，初载于 1954 年 7 月 24 日的《文艺学习》第 4 期。虽然距今已经 60 余年，但现在看来，尤其是在手枪诗出现的这个情况下看，仍然具有重要的意义。因为在这篇文章里，老舍先生阐述了诗歌的形式与内容之间的关系。他认为诗歌的形式重要，但是最关键之处在于生活、思想、感情、语言、想象力等。有的新诗即使没有什么形式，可是它既有诗的本质，而且有语言之美，仍然可以成立。在这篇文章里，老舍先生还发现，古代诗歌作品里也存在类似快板的结构，如杜甫的《兵车行》："车辚辚，马萧萧，行人弓箭各在腰。"然而，我又仔细研究了一下，发现"三三七言"不仅仅是"数来宝"的节奏，而且花鼓、腰鼓、弹词、民谣、儿歌、唐诗、宋词，包括现在的流行歌曲等等，都可以看到这个古老的"三三七言"结构。比如童谣"你拍一，我拍一，一个小孩开飞机""拉大锯，扯大锯，姥姥家里唱大戏"，"三三七言"结构多次重复；儿歌《小燕子》起首三句"小燕子，穿花衣，年年春天来这里"；乐府《敕勒歌》末尾三句"天苍苍，野茫茫，风吹草低见牛羊"；词牌《渔歌子》末尾三句"青箬笠，绿蓑衣，斜风细雨不须归"；甚至现在的流行歌曲也不乏这样的程式，如："你是电，你是光，你是唯一的神话"（作词：施人诚），"高架桥，过去了，路口还有好多个"（作词：林夕），"菊花残，满地伤，你的笑容已泛黄"（作词：方文山）……类似的例子不胜枚举。

在 1983 年第 3 期《河北大学学报》中，有一篇支菊生先生的文章《荀子〈成相〉与诗歌的"三三七言"》，文中仔细分析了"三三七言"的形式、流变，认为"三三七言"始于荀子的时代。而 2008 年 9 月，长安大学学报（社会科学版），陈良武先生的文章《出土文献与〈荀子〉成相篇》，从 20 世纪 70 年代睡虎地出土的《秦简·成相篇·为吏之道》着手，论证格式为"三三七四七"的《成相篇》是先秦在楚地流传已久的一种民谣形式。

《成相篇》在流传的过程中，其主要部分，前面的三句——"三三七言"结构最为稳定，被多种歌、曲、谣、诗等艺术形式所采取，由于其结构短小精悍，可以放在文首、文中、文末等任何地方，既可以单纯回环重复如"数来宝"，也可以结合其他的各种句式，当然也有某些通俗歌曲有意无意中继承了"三三七四七"这样完整的《成相篇》格式，应用在歌曲的高潮部分，由于现在主要讨论"三三七言"结构，所以在此处就不仔细探讨这种情况。

　　分析了双宝塔诗与"三三七言"结构，可见目前出现的十三行松竹体新汉诗（手枪诗）从形式上来讲，由于黄永健教授在手机软件上不经意间使用之后，使两种具有古老历史的诗歌形式得到了综合呈现。这样一种拼贴的手法，比较符合后现代艺术的一种普遍形式，即把旧的形式打破，重新组织，成为一个不曾出现过的形式。在波普艺术大潮中，综合绘画、雕塑等艺术形式也已经着手尝试过拼贴。而诗歌界如此尝试，应该也是自然的现象。对此，我不感到惊诧，只是有点好奇，不知这个形式究竟可以前行多久，能够发展到什么程度。

　　综合来看，手枪诗的格式结合了古老诗歌的两个结构：宝塔诗是古代各种杂体诗中流传度较广，名声较为响亮的一种；"三三七言"结构是流传千年的，符合中国人音乐与诗歌心理的稳定结构。这两种结构的组合，更容易让接触者感觉熟悉，使它具有天然的优势。而且手枪诗在其他方面也具有几个特点，如手枪诗正作为文化创意产业在运作，与商业相结合。这一方面可以获得相应资助，形成数量较为可观的应制诗，激发手枪诗的"生产"；手枪诗努力往两个方面同时发展：既希望进行宏大的叙事，对时政要闻进行迅速的反馈，又希望能够表达细微的情感，如自由体新诗那样普遍表达一些比较自我的感受。尽管手枪诗拥有以上这些特点，但它一开始走的是流行风格，这样的风格如果没有大量优秀作品出现的话，不易保持长久。所以，这种新形式诗体的发展，首先需要传播的广度，同时更需要精品作为支撑。

手枪诗火了,火得让人感动

杨洛

深圳大学黄永健教授与朋友间偶然的一次文字游戏竟然催生出一种诗歌新文体。它有学名,叫松竹体十三行新汉诗;它形式灵活,用韵自由,平仄宽限。

一种文学模式的创新,应是顺应时代的潮流,对旧有的痼疾大力扬弃。诗词创作不应该是无病呻吟的馆阁体,不应该是封闭圈子里的自我陶醉,平民的生活里也应该有诗、有梦、有抑扬的歌声,唯有扩大了创作队伍,培养出后备生力军,文学艺术才会显现出勃勃生机,才会蕴藉无穷而可敬畏的生命力。

正如网络上所说,此时的天朝,充斥着一股狂躁的戾气。此语概括精到,就连文学圈也不幸被言中。"文学"这个神圣字眼之后,被无端添上了"江湖"这个粗鄙的词缀,使得它走了调、变了味。而且特别可悲的是,这个现象已经存在许久了。

于是,偌大的中华,竟然鲜有前行者对后生晚辈持有爱护与提携的情态。而我们的权威们,却动辄挥舞"韵律皆不符"的大棒,将年轻人的创作热情当头砸了个破碎。罪过,罪过。这对于没有声韵学基础的青年来说,不啻是入门、研习、成长、壮大的一条好途径。

好在最不可低估的就是年轻人的创作热情。长久以来,有一大批文学青年,借助于网络这种新媒介,创作了许多五言、七言甚至于杂言的旧体诗词,它们不合旧式的韵律教条,其中却不乏脍炙人口的佳作。虽然创作者自己都说不清楚这种文体该如何定义,该向何处去发展,但他们还是凭着对文学的热忱与爱好,以孜孜不倦的执着精神创新着、坚持着。

其实,存在,就一定会有其历史的必然性,忽视年轻人的创新能力,就意味着与历史前行的方向脱轨。年轻人不拘一格的新汉诗创作,其规模已经宏大,其影响已经日强,未来必将催生一场"中华新国风"的文学运动。

所幸的是,中国仍有黄永健教授这样的文学前行者,他们秉持民族文学的良心与责无旁贷的历史责任感,勇于站在文学的制高点,振臂高呼,努力为处于迷惑与混沌中的文学青年开拓出一条突破限囿的新坦途。很快就有来自香港的刘祖荣教授大力呼应，并带动一大批卓越的写家创作出一大批沉甸甸的丰硕之作。

收笔之际，我想说，前行的路已有学界贤者为我们廓清迷雾，我们这些后来的人要热情参与，趁势而为，打造属于我们自己的诗意乐土。

微信是一张神奇的网

罗亚平

微信时代，信息太多，变化太快，无暇顾及。按理说，我们本属于被淘汰的一代，这个时代早应该属于90后或00后了，酒桌上我感慨道：长江后浪推前浪，前浪死在沙滩上。

到了深圳大学黄永健教授的工作室后，这种想法被彻底颠覆了。

黄永健先生的正式身份是深圳大学文学院文学与新闻写作指导中心主任、深圳大学艺术设计学院艺术学学科带头人、深圳大学文化产业研究院教育培训部主任。他师从中国著名学者刘梦溪先生。由于早年求学于内地和香港，所以，他既是中国作家协会会员、中外散文诗学会副会长、中国现当代文学学会会员、广东作家协会会员，又是香港作家协会会员。

从黄教授已出版的专著《艺术文化学导论》《深圳文化产业研究报告》《中外散文诗比较研究》来看，黄教授的研究方向是文学评论和文化产业研究。确实，黄永健教授同时是深圳文艺批评家学会理事、南山区文艺评论家协会主席、深圳《38度评论》的主编。

应黄永健教授的邀请，笔者在中国手枪体文化创意中心进行考察。

就是这样一个文学评论家、书画家，突然一天，他的身上又多了一个华丽的"诗人"标签，而且是手枪诗（松竹体）的创始人。这多少让那些以前曾为他们的诗写过评论的"诗人"有几分惊讶和不适应。

黄教授说：手枪体诗的诞生有些偶然，刚好是两年前的这个月（2013年12月的一个晚上），有位患重病的发小从医院的病榻通过微信发来了一张图，诉说她孑然一人在医院里的凄凉，黄永健想安慰她，断断续续在手机上给她发了两行四言、五言、六言的句子，后来一并整理发给她，在手机上就呈现出这个样子。

怎么写
愁死鬼
手执圩灯
伊人等谁
终南积雪后
人比清风美
古今离多聚少
长恨望穿秋水
知音一去几渺杳
暗香黄昏浮云堆
不如归
不如归
好梦君来伴蝶飞！

发完这段文字，教授也没怎么细想。还是这位丈夫身在国外的发小看了这首诗后，问他这是什么体。黄永健看了眼屏幕，脱口而出三个字——手枪体。

从此，诗坛多了一种"手枪体"，又称"松竹体"的新汉诗，深圳文坛多了一位新诗人。这种创新几乎与微信自媒体的兴起同步。

黄教授的超前思维，还在于他对知识产权的重视上，他很快在国家版权局进行了新诗体作品的知识版权登记。

艺术作品才是未来最具增值前景的商品，尤其是具有创新和创意属性的艺术作品，黄教授自身就是文化产业的研究专家，他早已具备前瞻的眼光和睿智。

后生可畏，其实老生更可畏。除了深厚的文化底蕴，老师并不比他的90后、00后学生差，当今玩技术是年轻人的天下，但玩内容，姜还是老的辣。

微信时代，我已知姜汝祥、冯仑都是黄永健教授的同龄人。北京大学社会学博士姜汝祥先后出版了三本关于微信时代的电商战略的书籍，属蛇的姜汝祥纵论新媒体战略，成就电商专家。北京地产大亨冯仑更是在很早之前就开了"冯仑风马牛"微信公众号新媒体平台，一上线点击就破万。微信时代，谁也没有缺席。

深圳大学黄永健教授更是在敢立潮头的深圳为自己的学生做了一个表率。不管手枪体新诗未来发展方向如何，这种创新的尝试都是值得称道的，也会在当代文学史上添上浓墨重彩的一笔。

我与手枪体汉诗创始人黄永健的结缘，首先要感谢香港诗人刘祖荣。其实，我见到香港诗人陈祖荣不超过 120 天。刘祖荣可能不为内地诗坛所熟知，其实，在香港，刘祖荣是一个非常勤奋的诗人。因为父母早逝，他过早地挑起了全家的重担，在香港这个弹丸之地，感受到生活的艰辛。

香港诗人吴永彤（《香港诗人》总编辑）和刘祖荣因为成立前海诗社，我和小刘得以在深圳重逢。他那种开放的思维我非常认同。

电商专家姜汝祥认为：微信时代，人以类聚，物以群分。人类返璞归真，又回到了原始部落时代。这个时代，只有志趣相投的人才会重新聚合。既然能聚合在一起，就应该有一种开放、包容的心态和心理。

姜汝祥引用法国哲学家、文学家萨特的一句名言：他人就是地狱。而到了微信部落时代："他人就是幸福。"

任何时候都不要放弃一个值得你一生结交、志趣相投的朋友。

黄永健教授和刘祖荣因为手枪体诗歌而结缘。

手枪体新诗唱响深港两地

刘祖荣

松坚毅

竹长青

兰心独炽

梅雪香骋

古今诗百变

志在抒性情

各体各有品味

如同佳肴纷呈

莫道唐宋已绝境

元曲小调亦风行

无词谱

不定韵

手枪一发乾坤鸣

新诗体

黄永健

新诗体

人人写
不矜不贵
溯游回之
尔来一百年
新诗独霸天
总览一望无际
也是天公垂怜
李白放舟桃花潭
手枪诗传微信圈
云从龙
风从虎
风云耸动为色变！

　　黄永健教授和香港诗人刘祖荣一唱一和。
　　刘祖荣在完成这首"松竹体"手枪体汉诗后，不忘在微信后留了一句："这样拍马屁，应该有酒喝吧？"虽然是句玩笑话，但黄教授是一个坚守信用的诗人，还有一个原因就是在大陆之外得到这么一个忠实的粉丝，非常难得。
　　因为这句玩笑话，我得以跟诗歌潮人黄永健教授和好兄弟刘祖荣先生出现在同一个酒局上，有缘参观黄永健教授的艺术工作室。
　　微信原来就是这样一张神奇的诗歌网。
　　……

黄永健：带着"手枪诗"闯入文化产业

林雪

燥热的夏季，跳动的雨丝，我来到黄永健位于 T6 艺术区的紫藤山艺术馆。门前一副"松竹体（手枪诗）文化创意工作室"的牌匾赫然醒目。步入室内，黄永健的书法绘画以及诗歌创作满室飘香。

曾经的学者，继续做着学问；曾经的教授，继续带着研究生上课。不同的是，他带着他的"手枪诗"，进入文化产业，也成为一个不一样的学者、教授。

一、手枪诗横空出世

2013 年 12 月 27 日晚 10 时，第一首手枪诗诞生。采访前一天，黄永健第一本手枪诗诗集在网络上面市，共收录手枪诗 200 余首。"手枪诗的诞生，既是偶然，又是必然。"黄永健回忆起三年前那革命性的时刻，儿时好友因病复查独自在家乡医院里打吊针，抑郁的环境下恐惧漫上心头，身在千里之外的黄永健极为担忧。为了安慰好友，黄永健决意赋诗一首。刚刚学会使用微信的他在微信上输入：怎么写/愁死鬼。

好友于是发来一张图片：一位金发女子独立木屋廊下，手执圩灯一盏，静候归人，风衣猎猎，白雪皑皑。细看图片，黄永健灵光乍现，灵感喷薄而出，情绪的不断推动下，对话框中相继弹出了两行四言、两行五言、两行六言、两行七言，最后回归两行三言，以一行七言收尾。看着自己临时起意的创作，黄永健尝试着通过复制粘贴将其拼在一起，不想竟组成了一个独特的形状：

怎么写
愁死鬼
手执圩灯
伊人等谁

终南积雪后

人比清风美

古今聚少离多

长恨望穿秋水

知音一去几渺杳

暗香黄昏浮云堆

不如归

不如归

好梦君来伴蝶飞！

震惊于黄永健脱口而出的临场创作，好友一时竟忘记了疼痛，蒙圈的她立马问道这是什么诗体。带着玩笑的成分，黄永健回复道："手枪体！"于是，三言两语间，新诗体"手枪诗"横空出世。后来，黄永健将两首手枪诗拼在一起，发现其形酷似长松披竹，又因其通汉诗音律，呈汉诗意境，遂另起学名"松竹十三行汉诗"，并于2015年4月28日在中国版权局登记版权。

二、做留存于历史的学问

作为深大的教授、研究生导师，迄今为止，黄永健已申报国家级、省级等研究课题十余项，忙碌的他在朋友眼中总是精力非凡却又活得潇潇洒洒。形容起自己的生活常态，他打趣道："上午玩手枪，下午写文章，晚上喝小酒。"与此同时，今年53岁的黄永健仍坚持每天锻炼，"早上起来，东南西北各走200步，闭上眼睛往前走200步，正好1000步。"他愉快地演示起自己的一套动作，充满趣味的运动方式倒也别具一格。

黄永健是一个热爱生活的文化人，他时常告诫自己的学生要传播正能量，做对社会有益的事情。"做任何事首先要考虑对国家、社会、家庭、朋友的影响，最后考虑自己。这样你做任何事都不会后悔。"

"要做留存于历史的学问"，抱着这样的态度，黄永健撰文著书，先后出版多本专业书籍。他奔走于繁忙的事务之间，却感到十分快乐。此前，为申报一项国家级课题，黄永健一天连续10个小时。也正是这样锲而不舍的精神，使得他在硕士、博士考试中名列全国第一。

三、推广中国传统文化

2009年，深圳大学文化产业研究院落成，黄永健担任项目发展部主任。20

年与生活的搏斗中，黄永健做过教师、办过学校、当过导游、开过饭馆、经营过画廊。他早就一脚在校园里教书育人，一脚在文化产业中摸爬滚打。

对于要如何在文化产业圈中挑好大梁，黄永健有着"过来人"的理解："首先一定要与社会有所接轨，有过生意经验，再者是对社会有深入的了解，更重要的是，要能够雅俗共赏，太过清高，容易与成功失之交臂。"说起雅俗共赏，手枪诗正是如此，不仅落笔传神，蕴含中国传统文化，还通俗易懂且朗朗上口。

谈到中国诗歌文化，黄永健说道："一个诗体，既要顶天立地，又要铺天盖地。"手枪诗继承传统诗歌的格律，对仗工整，韵脚自然，讲究起承转合，内含中国意境哲学、阴阳哲学。

在文化产业上，他与经验丰富的实业家金鸿雁合作，首先通过线上和线下相结合的方式，将手枪诗及其衍生品如瓷器、茶、酒、沉香、书画等推广出去，线上通过手枪诗网站和微信公众号在网络上形成以手枪诗、中国文化为主导的文化圈。线下初步计划成立书吧形式的文化特色店，经营手枪诗书画作品及其衍生品；第二步尝试开办紫藤山书画俱乐部，学员实行会员制进行诗书画培训、手枪诗朗诵和国学研讨，不定期邀请相关学者开设学术讲座，共同交流中国文化艺术，形成原创学术团，传播中国文化。

金鸿雁和团队的助力，使黄永健的诗歌、绘画、书法等文化主体逐渐实现了"文化+金融""文化+互联网"等多种文化产业形式。作为十几年的朋友，金鸿雁亦当过黄永健的学生。在她眼中，黄永健不仅会画画、写书法，还能写文章、搞学术，简直是一个全才。"越走近他，越觉得自己跟对了老师。"金鸿雁说。多年的金融从业经历，让她对黄永健身上所具备的价值更有信心。

知识与阅历的积累成就了如今德艺双馨的黄永健，没有曾经的博览群书，哪有如今的挥毫成诗。目前，手枪诗已渐渐被大众所熟知，粉丝群体包罗万象。

杜劲松、林诗雅访谈手枪诗

何铮

2016年8月16日,又是漫天微雨时,天空虽然灰蒙蒙的,却犹如水墨画般此深彼浅。资深媒体人、作家杜劲松及资深媒体人林诗雅莅临紫藤山艺术馆访谈合作事宜,仔细了解并高度认同了黄永健教授独创的手枪诗是对中国诗歌的创新。

谈话间,黄永健教授告诉众人,手枪体汉诗因其形似手枪,故称手枪诗。手枪诗是几年前为安慰病榻中的少年同窗突发灵感在手机上创作出来的,其优势在于通俗易懂,利于大众传递情感;又可作为广告软文,成为品牌推广的利器;还可以填词谱曲,广为传唱。对此,杜劲松先生极为认同,因为杜劲松先生本人是著名的词作家,他能看到手枪诗所蕴含的大众性、娱乐性、狂欢性等诗体特征。手枪诗本身就是雅俗共赏的,而许多质疑和反对手枪体新汉诗的人仅仅看到了手枪诗所谓的"俗",甚至认为它在形式上禁锢了人的创作,是一种披着创新外衣的复古。这些都是对手枪诗的了解不够造成的,其实手枪诗是对传统诗歌文化的继承与创新,将传统的主流诗体都融合到这十三行之中,精简而美观。在西方有十四行诗,而手枪诗的出现,正好可以与之媲美、对话,提升了我们的文化自觉与文化自信。

黄永健教授告诉众人,手枪诗的出现,引起了文学界的争论,一时间支持声、反对声不绝于耳,但他要将手枪诗发展起来。

雨渐渐停了,谈话也到了尾声。黄永健教授当场挥毫,向杜劲松先生赠送了手枪诗原创书法,并与众人合影留念。

关于手枪体汉诗的争议

刘祖荣

我们的天空挤满了排毒的飞机!
我们的大海不断有油船泄漏!
我们的道路越来越堵车!
我们的垃圾食品在危害孩童!
我们的电脑、手机时刻准备闹革命!
谁都知道,谁不清楚
变化是永恒

手枪体新汉诗不是花朵
手枪体新汉诗也不是良药
不是……就不是……
在比现实更广阔的文学世界里
容我把它比作一种新的小草
没有你们说的"芬芳"
没有你们说的"医治用途"
它在峭壁上茁壮成长
它在水涯边婀娜摇曳
难道它会加重雾霾?
会使目睹的人丧失视力吗?
会令儿童发育不良吗?

它和所有艺术一样
吸取忧郁、苦闷和寂寞

它吐出哪怕一丝半缕的氧气
让某些人由衷舒畅
甚至某个人自我感觉良好
对现实生活
对文学发展有害吗?

或者说夜空中多一颗小星
微微在闪烁
会妨碍月的运行?
会使某人的枕头滑落?

若问我:"诗是什么?"
答:激动心灵的牵引力
楚辞,宋词,元曲……
诗的形式只是诗的服饰
书画有诗,舞蹈有诗
八音之乐有诗
戏剧里,小说中
诗无处不在
诗变化无穷
它借以作者独特气质所结晶的形体
像拂面的和风穿梭于各个领域
有定义而无定律
故能生生不息

不管怎样,我坚信
这种新奇的小草
将蔓延出辽阔的大草原
这点别人认为微弱的星光
可能是某个星系的另一太阳

手枪诗重塑《水浒》108英雄群像缘起

黄永健

《水浒》英雄自小已在中国儿童的心中扎根。古语：少不看《水浒》，老不看《三国》。说明《水浒》对少年具有特别的吸引力，而《三国》对中老年人具有特别的魅力。眼下，中华民族正全力奔走在实现中国梦的光明大道上，种种迹象表明，中华民族处于接近盛世的历史期待视野中，而每一个中国人，包括海外华人，都在热切盼望中华民族的伟大复兴能够早日到来。无须讳言，当下社会存在着种种困惑、矛盾，文化的大碰撞、大交流、大融合，带来了价值的多变、命运的挑战以及种种变数，但是，无论中西以至全球，都在关注中国的崛起。

中国梦是每一个人的梦，我们每个中国人都希望国家兴旺、社会和谐公正、人类和平演进、幸福共生圆满，而社会转型时期在极端功利主义、工具主义的牵引之下，多少人忘记了我们民族宝贵的传统，比如"仁义""侠义""忠信""平等""良善""慈悲""施舍"等，每当我们想起《水浒》英雄武松、林冲、鲁智深、杨志以及张青、孙二娘、阮氏三雄等，心中总会激动莫名。他们常常唤醒了我们身上沉睡已久的"侠肝义胆"和"热血激情"。这其中武松对于我本人来说，具有特别重要的意义。我自幼熟读《水浒》，听本家族叔叔讲武松故事至今历历在目，听扬州评话《武松传》为我青少年时期一段美好的时光。武松是我心目中的"侠客"，而最为重要的是，这个人是真实存在过的一个普通人，不是金庸、梁羽生、古龙笔下的文学形象。

2005—2006年京九铁路开通。忽一日，列车员突然宣布，我们正通过当年武松景阳冈打虎的地方，我不知道为何会情不自禁地泪流满面。从此以后，这个场景常常会出现在我的面前，时时激动、安慰、平复了一个几经坎坷的心灵。2016年深秋某个晚上，一人独饮，生活琐屑无名细节推波助澜，我突发奇想，竟然在自己的手机屏上敲出一首新的手枪诗《武松名成悬日月》。

武松名成悬日月

黄永健

武二郎

人中样

路见不平

铁拳相向

名成悬日月

虎毙景阳冈

那年车过梁山

热泪奈何流淌

英雄逝去越千载

水泊浩然百重浪

十字坡

酒帘下

神力惊慑孙二娘！

没想到，这首偶然中从手机屏上发出的诗歌创作呼唤，一下子得到了众多网友和"手枪诗"认同者及写作者的强烈认同。十多天时间，大江南北以及闻讯加入的海外华人诗歌写作者（梅振才等），人人奋勇当先，个个"使枪弄棒"，108将手枪诗集迅速创作完毕，于2016年光棍节前夕收官，其速度之快，情绪之高昂，合作之流畅，可谓前所未有。北美华人诗词领军人物梅振才以"弹速"形容——弹速接龙诗浪翻！

这次《水浒》英雄手枪诗的问世，还有一个缘由，国际城市文学学会山东分会以"梁山泊放歌诗歌征稿"为题目，发动全国征文比赛，某种程度上讲，是本人试图以网络上正在流行发展的"十三行汉诗——手枪诗"来参加征文比赛的一个突发奇想，以"手枪诗"写古代的英雄，阳刚大气，相得益彰——手枪诗是"现代武器"，其刚烈英魂与水泊群雄前后唱和，不亦乐乎。经与会长李海杰联系，她也基本上认同了这种特别的创作方式，并让我上传108将手枪诗集参加"梁山伯放歌诗歌征稿"征文比赛。

就在前几天，纽约华人诗词学会会长、中华诗词学会顾问梅振才先生越洋渡海，来到深圳大学与本人及深圳的手枪诗群友进行了深入的交流，梅先生还带来了海外华人的手枪诗作品，手枪诗写美国生活题材一样得心应手，梅先生决定回到纽约后,广泛宣传手枪诗。他常年旅居海外,借十三行汉诗聊以宽怀。

  就在刚才(2016年11月22日晚8点),作者得知,"手枪诗IP授权及产品开发"项目,获得深圳第十八届高交会"优秀产品奖",作者在网上发布消息,又引来众诗人朋友及网友的热烈回应。下个月的27日,是手枪诗诞生三周年,作者正在策划"十三行汉诗——手枪诗"诞生三周年学术研讨会及"手枪诗·诗书画印联展"。

微论十三行汉诗的原型之美

周阳生

十三行诗,学名为"松竹体十三行新汉诗",俗称"手枪诗",由深圳大学黄永健教授于2013年首创。三年来,该诗体受到了越来越多诗友的喜爱与追崇。笔者也因其诗体的张力美与内力美,竟痴迷地写了近2000首十三行诗,并即将出版用十三行诗写的200余篇500多首《神话诗集》。创作之余,还与黄永健教授、中国著名红山文化收藏研究专家乔木一起,将十三行新汉诗与西方十四行诗进行对比,写了《三个火枪手,叫板十四行——松竹体与商籁体的世纪对话》,认为:西方人未必知道中国古代作文心要——起承转合。尽管诗无国界,但中国的汉诗在韵式、节奏和整体性上与西诗有很大差距,但要按"格式塔定律"之整体大于部分之和的理论去追求诗体的整体美。另外,我还写了《汉诗的灵魂觉醒——兼答"二号评委"先生》,认为:"写者写其心而灵魂愉悦,评者亦要与人为善,让自己的灵魂升华。如实在不喜欢某种诗体,大可视而不见,任其灵魂在天地间游荡,如此也不失为喜评者的智慧所在。"德国的歌德在《格言与反省》中说:"美,使隐藏的自然法则显现出来,自然的法则如果不因为美而显现,势必永藏不出。"所以我们在欣赏美的作品时,要领悟作者的心境而和他的心声发生共鸣。德国库鲁拿在《遗稿诗集》中写道:"美,是从生命内部射出的光芒。"

众所周知,古往今来任何一种诗体的发展史都会经历发轫期、形成期、成熟期、繁盛期、变异期、衰落期、复兴期、消亡期,或称之为"溯源、酝酿、成熟、变异、复兴"。诗体的发展除适众外,还需要诗体的研究理论支撑,使之成为流派。故笔者尝试从艺术"原型"的角度,再探十三行诗的"原型"之美。

"原型"一词,是西方学者荣格所创,用以描述人类的一种"集体无意识",属于心理世界最深层的东西。对此,我国著名美学家滕守尧曾解读"原型"有三个层次:一是原始的纯真、素朴、平淡;二是原始的激情和生命的涌动；三是原始的智慧模型。仔细品味"原型"的词义与内涵后，我们不难发现"十三行诗"就蕴含了"原型之美"。

一、无意识萌发

十三行诗是黄永健教授首创的，是他在与同学唱和中的"无意识"之作，由于他研究中国诗词理论多年，心理世界积淀了各种诗体的模型与发展史，故能在"无意识"中厚积薄发自创个性诗体。这种"个性"对人、对艺术来讲都是十分重要的，因为没有个性的艺术是没有生命力的。正如世间万物如没有区别，世界就失去了丰富性，物种就不能发展，生机也就会消失。所以我也称十三行诗是"一种文化的精神实体"，正因如此，我才像众多诗友一样，从最初"无意识"的喜爱其纯真、素朴、平淡、易写、易发，升华为"集体无意识"去探究其"更丰富的内涵"。

二、新汉诗觉醒

关于在十三行诗中如何求得对仗、工整、对偶和用典，我曾写过一首《品茗焚香读春秋》，敬请方家赐教。

> 四书读
> 五经修
> 神农举耜
> 太公垂钓
> 羲帝画八卦
> 禹王法明畴
> 五湖尽归范蠡
> 三径陶潜隐幽
> 秦女有缘能跨羽
> 轩辕涿鹿诛蚩尤
> 钟子琴
> 谪仙悠
> 品茗焚香读春秋！

我还经常与喜欢写词的文友交流，让他们尝试把十三行诗当作"松竹词"

来写，因为十三行诗也完全具备词的特征。为此我也写过以"松竹词"为词牌的十三行词。如下：

雪

雪仙子思凡尘

带来雪景

美妙绝伦

寒松戴玉冠

蜡梅铸香魂

极目银蛇飞舞

放眼蜡象狂奔

咏雪诗词古今有

独喜伟人沁园春

天地景

日月生

心景合一写诗文！

三、有意识升华

十三行诗还可激情演变为"二六体"和"一五体"。如"二六体"我曾写过《诗经吟》，当时阅读《诗经》，深感风雅颂之美，赋比兴之韵。《诗经》与《楚辞》是中国诗歌的源头，故写了"二六体"的十三行诗。

歌谣

诗经

风雅颂

赋比兴

国土之风

朝廷之音

宗庙之神说

人文之雅韵

开篇文王太姒

在河之洲恋情

105

诗源
　　源清
　　诗歌王国风行!

十三行诗还可正反写,香港诗人刘祖荣和安徽诗人凌子称其为"正反诗体"。我在创作中将其称为"倒映体",其一正一反如同水中倒影,其反写诗的首句,一般以正写诗的结句起篇。以"三七体"为例,反写时也可以"七言"为首句,"三言"为结句。

　　美醉金秋光与影
　　一个秋
　　两处景
　　与秋重逢
　　秋色多情
　　枫叶正红时
　　相依相伴行
　　幽幽丹桂溢香
　　簇簇金菊笑盈
　　一阕岁月古今唱
　　万景入心天地吟
　　大自然
　　开奇境
　　美醉金秋光与影

　　美醉金秋光与影
　　大自然
　　开奇境
　　一阕岁月古今唱
　　万景入心天地吟
　　幽幽丹桂溢香
　　簇簇金菊笑盈
　　枫叶正红时
　　相依相伴行

与秋重逢
秋色多情
一个秋
两处景

十三行诗亦可双排双写，最初由广州儒商诗人罗培永先生创作，我俩交流时，我将此诗体称为双十三行合体诗，并也曾为铭阳艺术馆"众妙攸归"名家四人书画展写了合体诗：

众妙攸归映匠心
那玉成
方建勋
王锦霞
梁立军
名家联展
彩墨飞英
任心修为
幅幅精品
一画一世界
一书一兰亭
枝干犹扶疏
弥劲霜雪凌
道丽骨气并存
妍媚云阙芳林
青翠云日相晖
妙生翰墨丹青
书画同源求骨力
巧妙把握心力运
虚实藏露提和按
干湿相宜疾和行
看阳刚
观柔阴
铭阳风

开奇境
任心修为润无声
众妙攸归映匠心！

十三行诗的写作技巧，是两两成行，隔行用韵。在创作中，深圳大学简敦亮教授首写十三行藏头诗，之后我也写了数十首藏头诗和回环韵藏头诗及一韵回环诗。虽都属游戏之作，但这种"有意识的升华"也丰富了十三行诗原型的内涵美。

十三行藏头诗

松涛唱
竹吟风
汉诗天籁
诗心如弓
十月聚南山
三年见飞熊
行行吐露心曲
年年硕果庆丰
鉴古传承路漫漫
首创诗体郁葱葱
发新枝
成长中
功在诗友心雕龙！

吾友中国著名红山文化收藏家乔木，日前收到由好友周立仁转交的才女巨国青写其舅爷爷的长篇巨著《仇焱之》上下两册，万分欣喜，并嘱我写藏头诗以表谢情。

乔天高
木蔚林
赞于时代
巨篇凤心

108

国宝鸡缸杯

青花溢神韵

惊美物华天宝

世慕人杰地灵

鸿雁飞传两地书

文以德载九天行

仇君子

焱扬情

之训仰祖明仇英！

《诗苑纵横》总社朱哲社长，受总部在法国巴黎的"全球龙风文学总社"授权，成立"东北龙风文学总社"，并出版电子版《东北龙风文学》。故以"十三行一韵回环诗"铭贺。

龙生风

风雅颂

颂心天纵

纵横诗中

中兴惊飞鸿

鸿雁传西东

东北知音相逢

逢时文心从容

容于日月万物萌

萌于诗文千秋彤

彤心弘

弘文恭

恭贺诗友心雕龙！

如何在原型的无意识中挖掘心底世界最深沉的东西和丰富的内涵，让十三行诗在传承古典诗词中有意识升华，这绝非一日之功。除要熟知古典诗词歌赋的规律外，更要用心推敲，提炼出最佳的文字组合和立意。英国作家柴斯特菲尔德曾说过："文学的体裁就是思想的风格。"日本作家横光利一在他的《作家群像》中也写道："愈是杰出的作家，他们的作品愈不是源自某种体系，而是由无生有，风格自成。"所以我们要在写作时，用心检视已写下的每一个字，如此才下笔如有神，才能驾驭沛然的冲动而写出精妙之句，这也是我追求的境界和梦想。

四、有意识融合

十三行诗因其具有音乐美、结构美，被诸多音乐家和书法家称为易谱曲、易书法的新诗体。曾担任过《超级女声》深圳赛区评委的梦艺和资深音乐人季旭就曾分别将我的《七夕吟》《秋月吟》《美丽的盐城》《新英雄赞歌》《万源河之歌》等十三行诗谱曲。

黄永健、常逢生、乔木等书法家还将十三行诗广写书法，并在书法形式上横写如枪如帆，竖写如松如竹。其书法形式之所以能有如此多的变化，盖源于十三行诗的诗体之美、变化之美、内涵之美。

也正是有了这种诸多诗友的有意识升华和其他艺术的融合，才使得十三行诗能从形成期向成熟期稳健地发展，也才能更彰显出十三行诗的原型之美、自然之美、质朴之美、和谐之美和生命之美，并让十三行诗的古风今韵如松竹长青，与日月同辉。

2016 年 12 月 7 日写于爱莲堂

论手枪诗的四种格式

刘祖荣

我觉得手枪诗是别具一格而有前景的诗体。因为我从创作实践中，感受到它的灵活多变，如同唐诗的五绝、七绝至五律、七律，由浅向深拓展，包容性不可低估！我将它的四种格式命名为：正枪、反枪、对枪、背枪。正枪是三言到七言（或二言到六言），由短向长叠句。反枪是七言到三言（或六言到二言），由长向短收缩。对枪是双枪对应，上反下正合拢。背枪是双枪背驰，上正下反延伸。

正枪由短至长叠句发展，表达力强又比较容易上手，适合初学者，现在网上看到的和大部分人写的都是这种。当然，诗的质量与形式无关，更与字数无关。五言诗一样有"白日依山尽，黄河入海流"这样的句子，一样有杜甫"国破山河在，城春草木深"的激奋高昂。

正枪的例文：

萧邦之离别曲	**蝉鸣**
刘祖荣	刘祖荣
涟漪起	楼林立
泛波光	蒸笼里
缓缓蔓延	炎日眩昏
如筝放长	鸣呼不已
轻轻轻低唤	碧空鸟无迹
念念念断肠	独君响苍宇
遥看飞鸟云际	声声慷慨激昂
近瞅柳絮苍苍	高枝亦难远驰
爱情爱国无人晓	古人颂赞节气亮
大好春光却离乡	不畏劣势振生机

来去难	小公园
难来去	存天地
哀音怨乐射天狼	依然故我咏枪诗

　　反枪是我认为最有创新性的格式，它甚至颠覆了传统格律诗的起承转合，形成自己独特的诗风，其难度就在作者使用语言的驾驭能力，运用意象的铺排技巧。它由上繁向下简，逐层收缩。

　　反枪的例文：

梅雨思乡	**巨蟒石和神女石的传说**
凌子	刘祖荣
月隐风清夜未央	欲化成仙两依依
才回眸	蟒蛇精
红影窗	狐仙女
竹影摇碎思乡梦	同山修炼千年余
最忆六月栀子香	嘘寒问暖情暗滋
黄梅时节细雨	虽非俗世倾心
合欢凋零潇湘	良缘默默深植
纵是他乡美	若位列天班
低头总思量	八方各守据
枝繁叶茂	昂首低眉
树高千丈	留恋不去
对月吟	感三尊
终惆怅	永相峙

　　对枪与背枪是由正枪和反枪组成的双枪体，一类是相对合拢，一类是背道驰骋。它们像词牌的长调，适于多方位的长叙述，或更复杂的情感表达。

　　对枪的例文：

红山神韵	**苏曼殊传**
刘祖荣	刘祖荣
遥思中华万古史	纵有奇才奈若何

数红山	混血儿
最绚丽	命多舛
牛河梁与赤峰市	屡遭歧视母子别
文物出土世所稀	沉浸书画觅吟歌
石埙石磬骨笛	病重被弃柴房
质精声良优美	悟透世情严苛
宫庙安女神	表兄助留学
敬天高坛祭	东洋显卓越
礼乐风雅	心系家国
民生有序	革命共和
无官僚	兴中会
无阶级	讨袁魔
红山情	爱难得
松竹体	纵酒乐
盐城光耀	僧俗不定
四海齐辉	红尘戏谑
慎终追远古	身披素袈裟
诗韵展丰姿	笑对青楼娥
母系父系社会	诗译拜伦雨果
绽放多彩百艺	文开鸳鸯蝴蝶
龙凤图腾精美玉	生如春雨湿樱花
华夏文明奋斗史	死若柳絮含烟曳
礼乐兴	哀此君
振科技	泪滂沱
奔向大同新世纪	丹心难敌三生劫

背枪的例文：

荔枝公园的岭南之风
刘祖荣

汉文化

天人合

园林艺术
中华一绝
山水入庭院
风光娱心惬
始于南越赵陀
效仿秦宫苑阙
拱门长廊绕池塘
草木芳菲奇石叠
多雨天
气炎热
漫步其中胜五岳
传统建筑闹市崛
存香江
更难得
四季繁花春无别
美景十区各姿色
有凤来仪迎客
碧波艳荷摇曳
画舫连溪流
泰然观棋决
登台逐云
寄情星月
穿桥廊
古今越

  恰当的形式会扩大诗的表现力，优美的韵律能使诗更具亲和力。然好诗取决于它的想象力、它的境界。手枪诗抑或只是手枪体文章……时间仍在验证，去芜存菁之后，是金子必定能发光，历史自然会给它公正的地位。

写汉语新诗要讲究格律了

张杰

众所周知，新诗都是自由格式，并没有像传统的格律诗词那样讲究押韵或有字数上的限制。然而，近几年，情况发生了变化。比如在网络上出现了受到不少网友喜爱的"十三行汉诗"（又名"手枪诗"）。著名诗歌研究者、西南大学教授吕进在其所著《中国现代诗学》，把新诗分为自由诗和格律诗，指出"只有自由诗，不是正常的现象"。

10月29日，在西南大学举行的"第六届华文诗学名家国际论坛"上，来自海内外的诗人、诗评家们，就对"华文新诗该采取的新形式""未来该怎么写"，"进行怎样的诗体实验"，进行了深入的研讨。其中中国新诗汲取传统诗词，回归格律化诗歌写作，形成当代"格律体新诗"，以及其他"六行体"小诗的诗体的试验，吸引了众人的兴趣。此外，前些年流行的诗歌的"梨花体""口语诗"等各种诗坛新现象，论坛与会者也都进行了讨论。

深圳大学文学院、艺术设计学院教授、文学博士黄永健在发言中，重点提到了近几年微信平台所催生出来的"格律体新诗"，认为其有强大的发展潜力。他提到，首先，90后、00后新生代通过学校教育，增强了对自身传统文化的信心；其次，各种新古典主义式的音乐、舞蹈、绘画、时装、影视、动漫等，又被纳入当代的审美视域；最后，微信等短平快传播媒介改变了文学的写作习惯、阅读习惯、评价习惯和交流习惯。在这种情形之下，根深蒂固的汉语格律诗及其创新形式以其强大的文化惯性，呼应互联网时代的审美时尚，呈现出"传统回潮"等诗学风向。

据黄永健教授介绍，诞生于微信平台的十三行汉诗，作为"格律体新诗"典型代表，来自生活现场，表现人生百般况味。可俗可雅、文白相间，强调押韵、调平仄，采用对仗、反复、回环、顶真等汉语诗歌手法，行数固定、字数固定而又演化为多种"变体"，是典型的"现代格律诗""格律体新诗"。它将古典标志性的三言、四言、五言、六言、七言诗通过古典标志性的对仗、偶出、联句形式整合在一起，在整体上是一个"起、承、转、合"的圆形结构。

黄教授认为，诗无形不美，诗无韵不畅。十三行汉诗在"美"与"畅"中，寻找到了平衡点和结合点。相对于自由的分行新诗，十三行汉诗具备审美性、汉诗性、绘画性、音乐性、意象性等五个方面的优势，"容含数千年国诗美学内质于一体，而蓬勃着不断成长壮大的发展潜力，完全有可能成为与西方十四行诗以及当代中国自由体新诗进行美学博弈的创新诗体"。

走过百年的汉语新诗不只在中国有了长足的发展，在海外华人文化圈，也有较大影响。泰华作家协会副主席曾心在发言中，介绍了在泰国华文诗歌的发展状况。据曾心先生介绍，在泰国最早出版的第一本新诗集，即1933年林蝶衣的《破梦集》，至今也有83年了。纵观泰华诗歌界发展的轨迹，最早的旧体诗集是1938年出版的陈国华的《侬华集》与钟静庵的《钟静庵》。两者比起《破梦集》迟了5个年头。之后，泰华诗坛出现了新体诗和旧体诗并存的情况。

至2017年，泰国诗坛出版新体诗集88本、旧体诗集43本。他说，"中国以自由诗为主的新诗，其影响波及全世界的汉语诗歌界；受到中国影响的泰华新诗，也是以自由体诗为主。因此，自由体诗在泰华当代诗坛逐渐充当了主角。受到中国古典诗歌影响的格律旧体诗，随着老一辈诗人的去世，逐渐走向消亡的趋势。"

"近些年来，泰国出现对新诗体的尝试，其中包括尝试构建六行以内的'六行体'小诗，目前在泰国华文文学界影响越来越大。"他还说，"六行体诗，古已有之，在唐诗、宋词、元曲中均可找到，在汉语新诗中也随处可见。在五四的白话诗，最早的小诗经典——冰心著的《繁星》，开篇第一首就是六行诗。"

艺术新视线：黄永健教授其人其诗

王廷信

勇创新诗写心篇
——黄永健教授其人其诗

  黄永健教授是我在全国艺术学年会上结识的朋友，他曾在中国艺术研究院师从刘梦溪先生攻读博士学位，我也曾在中国艺术研究院求学，获得博士学位的时间比他略早几年，所以永健一直以"师兄"称呼我。

  我因学识浅陋，忝列"师兄"之位，深感不安。但时间长了，似乎也就习惯了，主要在于可以享受这位新朋友的性格魅力和独特才华。

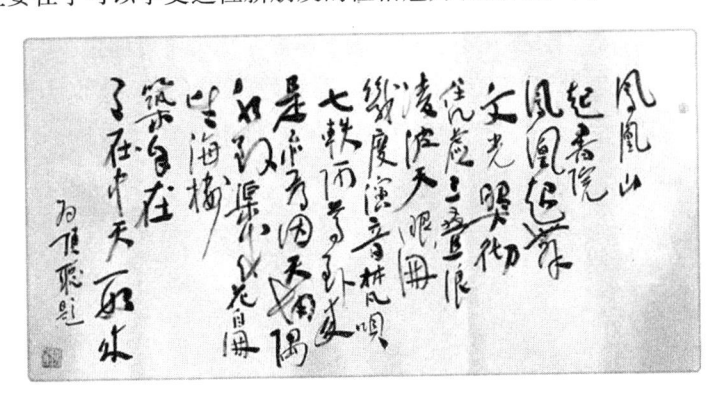

作者　黄永健

  在我的印象中，永健教授一直很谦虚，在艺术理论研究方面十分勤奋，写了不少文章，每年的艺术学年会他都踊跃参加。印象更深的是永健是位天性率真的学者，他富有才华，也很喜欢开玩笑，有时候有一种傻傻的感觉，但总体上有一种乐观向上的精神在他身上洋溢着。直到近两三年，我才知道他很喜欢诗歌创作，并自创了一种以"手枪诗"命名的诗体，自得其乐地用这种诗体创作着诗歌。

在谈到"手枪诗"时，不少人不屑一顾。我有永健教授的微信，也经常看到他在微信朋友圈晒他的诗歌。最近我在深圳大学讲学两日，与永健有较多接触，谈起"手枪诗"，对这种诗体有了较多的了解。我对诗歌很尊重，虽然不会写诗，但我也很喜欢读诗，有时候也诌一两首。在与永健交谈"手枪体"的过程中，我能够体会他创作中的苦闷与快乐。苦闷的是这种诗体在诗界不被人理解；快乐的是他无怨无悔、乐此不疲地用这种诗体从事创作，并把诗歌创作与书画链接起来延伸到文化产业领域。这次深圳面晤，使我对"手枪诗"有了新的理解。最能理解的是当诗歌处在萧条的阶段，能够有人乐此不疲坚持用一种诗体创作诗歌的可贵之处。诗歌是用来抒写心声的，无论何种诗体，诗人只要找到适合自己的表达形式，并借此形式不断创作、抒己心声、启人心扉，就是对诗歌界的贡献、对社会的贡献。

"手枪体"又名"松竹体"，因诗行排列像手枪，又酷似长松披竹而名。前者是俗名，后者是雅称。相对于雅称，我更喜欢俗名。因为这种名称很接地气，把诗歌这种雅致的文学形式与富有杀气特征的手枪链接起来很富有趣味性。因"手枪体"诗只有十三行，故又可称作"十三行诗"。

"手枪体"诗融古今言说方式于一体，便于操作，虽不拘于平仄声韵，但饱含古风；虽有白话嵌入，但又不使白话流于散漫。更为可贵的是，"手枪体"诗便于即兴创作，能够及时反映时事，并借助互联网和手机网络广为流传，利于大众书写和传播，便于让人们把眼前发生的事件引入诗性领域。譬如永健于2017年10月28日参加第六届华文诗学国际论坛即兴创作的诗歌：

　　一百年
　　双蝴蝶
　　胡适笔战
　　尝试卓越
　　二次革命论
　　上圆似喋血
　　武隆上天入地
　　天坑试问日月
　　华文诗学开道场

三十不变众乐乐
十三行
走网屏
铿铿锵锵挺中国。

短短十三行，涉及中国诗歌的变革历史、本届大会的主题、汉语诗歌的使命、手枪诗的特点等。离开深圳时，永健教授以"手枪诗"赠诗一首，我也戏仿"手枪诗"聊和一首，现录于此，作为本文结尾：

盘山路
十八弯
徽府养育
京师握卷
北国风光好
南国何烂漫
闯北走南艰辛
胸藏豪情无限
艺理深耕从未歇
诗书画印舞蹁跹
多少梦
仍待圆
勇创枪诗写心篇！

手枪诗
——循古创新的诗歌情怀

刘婷婷　胡娜

近百年来,中国新诗经历了多次学术论争,到今天格律体新诗理论研究取得了长足的进步。手枪诗(又称松竹体十三行汉诗)便是在此大背景下应运而生。

前言:很荣幸有机会能以访谈的形式与自己的研究生导师黄永健教授系统地探讨手枪诗的发展脉络以及黄老师一路走来的创作心路历程。在生活中,黄永健教授一直是一个幽默慈祥的长者,喜欢喝茶,喜欢诗画,大家都评论他为勤奋的老顽童。这也是我们对黄老师最深刻的印象。

谈起手枪诗,黄教授是兴奋的,像是如数家珍般跟我们介绍他的创作历程。因为去西藏的一场生死之旅,因为与发小的深厚情谊,黄老师与手枪诗结下了不解之缘。

Q:黄老师您是怎么开始手枪诗创作的呢?您可否简单介绍一下手枪诗的发展历程?

黄:谈起手枪诗的创作缘起,因为我多年从事散文诗理论研究和创作以及中国的古文学理论的研究,在长期研究的过程中,萌发了创作新诗的想法。而在机缘巧合之下,2013年年底,我为了安慰病榻上的发小,用微信为发小写了一首诗,第一首手枪诗就这样诞生了。并且在多年的研究结果证明下,手枪诗的诞生并不是偶然,而是我多年研究厚积薄发、天降神思的结果。

并且,手枪诗现在的发展现状令人鼓舞,在网络上受到很多普通人的欢迎,学术界很多名流如凌继尧、王廷信、梅振才等也开始关注手枪诗,且王廷信教授专门为我写了一首手枪诗。

勇创枪诗写心篇
　——丁酉中秋仿手枪诗和永健教授
王廷信

盘山路

十八弯

徽府养育

京师握卷

北国风光好

南国何烂漫

闯北走南艰辛

胸藏豪情无限

艺理深耕从未歇

诗书画印舞蹁跹

多少梦

仍待圆

勇创枪诗写心篇！

Q：当下大家对手枪诗的评价褒贬不一，您对这些评论有什么样的看法呢？对您的创作是否有影响？

黄：手枪诗发展到现在确实备受争议，很多人既评论又处在观望状态。我觉得一个新东西的出现，必然会受到大众的舆论，也必然需要时间的考验及推广。我印象最深的一次论战是2014年10月15日晚与新诗研究者陈仲义（诗人舒婷的丈夫）的对谈，现场唇枪舌剑，场面激烈，你们如果感兴趣，可以到网上搜索阅读。当下反对手枪诗的大概有三种人：（1）不懂，大骂。这一类人不懂手枪诗的内在机理，认为没有价值。（2）似懂，浮言。这一类人大多是学术界的人，也是手枪诗发展的最大阻力。（3）懂了，郁闷。深圳还有一大部分人反对手枪诗，也有作家群将我拒之门外。当别人把手枪诗贬得一文不值的时候，尽管我外表淡然，但内心着实痛苦，但没办法，只能摆正心态，在争议中继续前进。

Q：手枪诗是否可以全民创作？这对创作者有哪些要求呢？比如说知识素养、文艺素养……

黄：当然啦，手枪诗的创作简单易懂，并且手枪诗的诞生依托于微信这个大众社交平台，其定位一开始就是面对大众的。正所谓独乐乐不如众乐乐嘛。手枪诗能否流传开来有两大前提：一个是中国文化的觉醒，国家实力日渐强大，大众文化意识的觉醒以及传统文化的复苏，这是一个有利因素；另外一个是新诗领域出现问题，中国已经有100年的新诗发展历史，新诗是以西方自由主义思想为核心的，而中国文化是有其约束、克制的特点的。诗歌需要有中国的思想内涵，应该以中华精神文明为内核，提高全国人民的文化自觉水平。中国诗学研究中心主任、西南大学吕进教授谈过有关诗歌的重建问题，总结来说有三点：（1）诗歌灵魂的重建；（2）诗体的重建；（3）诗歌传播方式的重建。因而，为了改善诗坛的乱象，诗歌需要建立新的门槛与形式。

Q：黄老师您将手枪诗作为一个 IP 顺应当下的文创热潮，您可否说一下您的构想与相关经验的分享？

黄：这首先得感谢深圳大学文化产业研究院，我们本身是搞文化研究的，强调文化与产业的结合，考察了很多产业园之后，觉得手枪诗是一种创新，而创新可以变成一种品牌。手枪诗是一个很大的文化发现，以我的直觉，觉得这是一个很有意义的东西。手枪诗现在的定位已不仅仅只是一个诗体创新，而是一个文化品牌。手枪诗已渐渐成为一个文化品牌，作为一个 IP，已经与茶叶、陶瓷、沉香等产业结合，并且已生产出相关的产品；并且手枪诗将实现内容转化为宣传推广平台，内容为王转化为平台为王。另外，手枪诗作为一个文化品牌，今后将与拍卖收藏、慈善事业相结合，比如说开展"1块钱拍卖"，并且会将大部分的盈利用于慈善。至今，以手枪诗为品牌的已经有了 3 家公司，证明可以继续走下去。

Q：下面是一个轻松点的话题。黄老师，作为您的学生，我很佩服您充沛的精力以及对生活、手枪诗的热情，您的生活秘诀是什么呢？我们也想学习一下。

黄：哈哈哈……谈不上生活秘诀，只能说是生活经验：第一是人最重要的是善良，只有保持一颗善心，生活才会善待你；第二个要素是要勤奋，要多写文章、多创作，保持源源不断的生活热情；第三是要有独立的思考能力，不能人云亦云；最后一个要素是要有胆量，要敢于挑战世俗，有目标就要坚持去追求。人生在世，要尽最大努力发挥自己的能量，为社会贡献自己。

我支持手枪诗

陈振雄

我一有空闲就写古体诗、现代诗，但仍觉未尽意。

近体诗因有平仄韵律，朗朗上口，使人过目不忘，这也是它传诵千古的主因。但律为工对而对，并不能完全直抒胸臆，而平仄限制了大多数现代人写古体诗。

现代诗又太散了，像一盘散沙，现代诗真的走入了迷途。深大黄永健教授的十三行体新汉诗（又名松竹体诗、手枪诗）的出现，可以说通古融今，为古体诗、现代诗架起一座桥梁。写手枪诗可深可浅，既可阳春白雪，也可下里巴人，老少咸宜。特别对于叙事来说，手枪诗很是方便实用，既不像古体诗那样拘泥，也不像现代诗那样漫无边际。

您大可根据内容多少，选择十三行、二十六行、五十二行等形式，尽情发挥。

有形式，又有自由，这是诗歌未来发展的方向。

汉诗的灵魂觉醒
——兼答"二号评委"先生

周阳生

昨天（2016年12月9日），在某文学群有一个诗友对十三行新汉诗贬中有讥，本来对任何一种诗体的出现都可以切磋探讨，但无须网暴。今天，这位诗友回归理性，步入正常交流，并指出十三行新汉诗徒有其形，没有灵魂，并发出勾引的微表情［勾引］以逗我应对，本不想回复，但又觉其提出的问题有探究之必要，故微文叙之。

无论古今，诗由心生。近年来，汉诗立体呼声鹊起，借助网络之力，十三行新汉诗也应运而生。初识者如这位诗友一样，认为该诗体徒有外在形式，与"一七令""宝塔诗""楼梯诗"等诗体一样，没有内涵与灵魂，所以不屑一顾。香港诗协会长秀实先生初识该诗体时，也曾多次发文贬之，可经过几次"论剑"后，他认识到了该诗的价值是在于抓住了汉诗的灵魂，并用新的诗体对汉诗进行了传承。

十三行诗与迄今所有诗体的区别就是其表现了汉诗的灵魂回归方面，该诗体两两对出、隔行用韵、抑扬有格、俗雅同赏、回护圆融以至暗合天籁七音符之结构，虽无平仄之限制，但有押韵之追求。

十三行诗虽创于偶然，但却是创作者深厚文学功底和多年从事中外诗歌对比研究而提炼出的一种新诗体，但既有别于西方的十四行"商籁体"，也别于散文诗和各种新诗体，被众多诗伽们称为是"汉诗的第二次革命"，是"汉诗的灵魂觉醒"。该诗体才会被北京大学文创基地立项，才会被深圳大学搬上MBA课堂，才会在凤凰网、新浪网等诸多平台推广。

何为"灵魂"？原始人所具有的简单古朴之灵魂概念，往往具有强烈的物质性格。宗教与哲学渐次发达后，人类的灵魂观开始趋向于非物质化之"精神统一体"。发展至今，灵魂存在于精神之中，灵魂生活即精神生活。回归诗的灵魂，十三行诗的灵魂就在其写与赏的精神愉悦之中，就在其博采唐诗宋词遗韵后的创新中。当然写诗者各有千秋，识诗者各有所好。劣者可评，优者可赞，适者而枝发，切磋而趋同。

总之，大多数写诗人全为业余爱好，靠专职写诗养家糊口者可谓凤毛麟角，所以写者写其心而灵魂愉悦，评者亦要与人为善，让自己的灵魂升华。如实在不喜欢某种诗体，大可视而不见，如此也不失为喜评者的智慧所在。

手枪诗之我见

八马

从小到大多愁善感的我喜欢用文字记录自己的喜怒哀乐，直到现在成家做了母亲，依然是一有空闲就写古体诗、现代诗，并且是乐此不疲。

然而韵律诗因有平仄韵律，所以才疏学浅的我只能勉强咬文嚼字地写几首，就那还需要斟酌半天，是否符合平仄，是否对仗，等等。平仄、对仗限制了我对古体诗写作的介入程度。

现代自由诗在我看来相对好写一些，但是有时候自己的想象力太丰富，比较没有重点，甚至有时候写出来的作品连我自己都有一种一盘散沙之感。

就像学习画国画一样，正确的画法应该是有神、有韵、有意象，而且还得留一点适当的白才好。可我不会构图，结果是七八十来朵牡丹花一起开，给别人一种没有重点的感觉。

深圳大学黄永健教授的十三行体新汉诗（又名松竹体诗、手枪诗）的出现，简直就是通古融今，为古体诗和现代诗的融合架起了一座桥梁。

罗培永院长和我曾经谈过对手枪诗的看法和写法。他说宽对即可，工对大都做不到，如果过多追求平仄对仗，就没多少人敢写，也出不了多少佳作。

我作为中国巴马文化诗社主编，曾经刊登过黄教授好多篇作品，我也经常拜读黄教师的手枪诗。我非常喜欢手枪诗，而且还想把自己的牡丹画配上黄教师的手枪诗。

我喜欢写手枪诗，因为整个作品内容方便正常发挥，实用而且还不用受韵律平仄的限制。

手枪诗既不像古体诗那样受格律限制，也不像现代诗那样漫无边际。可以根据内容多少，选择十三行、二十六行、五十二行等形式，尽情发挥。所以说手枪诗既有形式，又有随意发挥自由的空间，我想这可能会是中国的传统诗词文化未来发展的一个突破口。

浅谈松竹体十三行新汉诗

岳顶聪　王乐乐

　　松竹体十三行新汉诗诞生于偶然，是黄永健先生于2013年12月27日在微信上慰问老家安徽病中的发小同窗时，突发灵感在手机上创作出来的，因诗体形如手枪，故又冠以俗称"手枪诗"。手枪诗又名"松竹体"新诗，松竹体十三行新汉诗囊括了唐诗、宋词、元曲的特征，不拘于平仄，同时又兼得诗经与汉赋的风格，它是中国几千年的诗歌文化与新媒体手机微信相结合的产物，是中国文化这个"生命体"在21世纪的自然迸发。

　　松竹体十三行新汉诗自诞生以来，以其独特的诗体形式、丰富的哲学内涵、多样的创意趣味，在移动互联网的助力下迅速风靡海内外。虽然也曾遭遇过"网络暴力"，但因新汉诗前所未有的独特魅力，而"如松之不畏雪压，如竹之不畏风狂"，一路放歌，一路前行。手枪诗将中国古典诗歌中的主流诗体——三言体、四言体、五言体、六言体、七言体，以两两对举，起承转合的方式，进行创造性的整合创化，造就了十三行汉诗独特的诗体形式，这种创新可供当代诗人及大众在充分认知我国古典诗词美学的基础上，吸收时代语词，创新意象，拓展意境，施展才华，贡献佳作，以呼应中华文化复兴的时代召唤，践行中国诗人的文化使命担当。十三行汉诗实暗含中华哲理——阴阳调和、变而不变、大道至简的宇宙观和生命观。手枪诗把中国的文化之根——易道、阴阳、轮回等哲学理念进行了诗体的表现和美学的传播，它的文化觉醒意识、文化符号意义、文化立命意识，绝不是类似"楼梯体""海浪体"等可同日而语的。

　　十三行诗虽创于偶然，却是创作者多年从事中外诗歌对比研究后提炼出的一种新诗体，既有别于西方的十四行商籁体，又有别于散文诗和其他各种新诗体，该诗的价值在于抓住了汉诗的灵魂和精髓，并用新的诗体对汉诗进行了传承，两两对出、隔行用韵、抑扬有格、雅俗共赏、回护圆融以至暗含天籁七音符之结构，虽无平仄之限制，但有押韵之追求，被众多诗咖称为"汉诗的第二次革命"，是"汉诗的灵魂觉性"。

松竹体不但促进了汉诗的发展，而且将国粹的书法也激活了。由于松竹体十三行新汉诗适合用于书法，众多书法家因松竹体十三行新汉诗的体式之美和多变，纷纷以多种书体来写松竹体，并运用自刻的各式印章补白添意，使得松竹体书法如诗如画、美轮美奂。中国著名红山文化收藏家、书法家乔木先生对这新诗体推崇备至，他运用了各种书体在横幅、条幅和扇面上书写松竹体手枪诗，章法与艺趣产生的视觉之美，令人眼前焕然一新。

身处中国的深圳特区这个改革开放创新包容的前沿移民城市，手枪体的横空出世似乎是必然的、无法阻挡的，有广阔的发展空间。另外，手枪诗的上下游整合能力也极强，具有很好的产业形成条件和可持续发展的前景。

手枪诗是文化中国到来之际的诗魂觉醒，它的出现荡涤廓清了二十世纪中国新诗的"自由"之风，回归汉语文化本体，创新汉诗诗体，重铸汉诗诗魂，使中国新诗挣脱了西方舶来品的文化枷锁。在互联网时代的文艺复兴运动中，适应者会发扬光大，不适者会自生自灭，这是必然的规律。因此，我们在倡行一种新诗体时，正如黄永健先生所言：大可不必厚此薄彼，而要相互借鉴，容则双赢。希望手枪诗能逐步为社会所认识，理解，并进一步得到大家的认同和支持。同时希望通过社会、学术界和文化创意产业界同仁的共同努力，把手枪诗做大做强，成为"设计之都"深圳的一个文化品牌，成为真正代表中国文化的一个文化创意成果。诗言志，志缘心，让中国的松竹体十三行新汉诗在风雨中不断成长。

火种

吴伯贤

在沉痛悼念爱国诗人余光中先生之际，我发表电子书《诗与随笔》以祭之，表达我的哀悼。2017年12月17日选刊的《再见吧，卢老先生!》与我的随笔《火种》有内在联系，是"父子"关系。为了便于读者明了此"儿子"的来历，特将其"老子"端出来示众，这是倒行逆施手法，先有注解，后出诗篇。怪哉不怪也。

火种
(现代神话)

吴伯贤

有的诗人一个劲地写啊写，一个劲地向各个群发呀发，似乎是个多产作家、多产诗人。本老今年七十大寿，与上述诗人走了一条相反的人生小道。我与他们不一样，我呀，一个劲地写啊写，一个劲地往书箱子里藏呀藏，似乎是个吝啬鬼，要带进棺材去。前天我突发心绞痛入院抢救，一边输液，一边用手机发了一封《绝笔手枪诗》，注明"不押韵"，因情况紧急，无心斟酌韵律。没想到黄老立刻将该诗转发微信群。微信朋友得此消息，鼓励我挺住，别学海子去卧轨。朋友的情谊增添了我和阎王周旋的力量。阎王说，你有一事没完成，回家去，把你写了50年的那些手稿给我统统烧掉，不要污染了中国这块五千年的净土。我因此有幸逃过了一劫。回家打开书箱一看，两看，三看，一把火，两把火，三把火……将我的手稿烧了个精光。香港的一位诗仙，叫卢泽汉，他怎么知道我自焚书稿呢？怪了，噢，诗仙，八十高龄的老诗人。他与香港诗人恒虹商议，把吴伯贤的火种引来烧荒，让诗坛上的十大怪象，统统见鬼去吧。恒虹立即行动，将我请去，说我要是去了，定能见到卢老。恒虹说："新诗百年，不能再放任了。"他们要清理诗坛。于是乎，我从身边揪了个稻草人，将我手稿的自焚之火点燃稻草人，一路摆啊摆，恒虹把我带到了维多利亚港500人的大船上，把那大船通体照了一下，哈，假诗人们一个个跳海溜了。我给卢老诗仙说，我也给你献个礼吧。我的诗叫"贤体新诗"，由旧词加旧诗，经过韵律改革，删繁就简改造而成。旧词部分改成新诗后，主叙事；旧诗部分，去掉平仄，保留押韵。形似旧体，实为自由小诗，主画龙点睛。两者相辅相成。没想到卢老勃然大怒，亲手往我脖子上沉沉地锁上两块招牌：一块叫"百年新诗怪胎"，一块叫"张勋复辟"。哈，吃力不讨好，于是乎，我又立刻自燃，烧掉重来，于是又给卢老交了一篇像模像样的港式新诗：再见吧，卢老诗仙！

请各位诗仙继续点评，本朽将继续自焚，纸船明烛照天烧。

附：贤体新诗之神话诗和黄永健创体之绝笔手枪诗各一首。

再见吧，卢老诗人
吴伯贤

走着，走着，
怎么走进了
诗人的队伍
难道这是
我的归宿
我的终点
在哪里
卢老先生
在香港等你

哈哈
我来了
卢老先生
您的手里
舞着
两把大刀
一把刀上
淌着黄老的鲜血

另一把上
沾了几根
被您称为
百年新诗怪胎的
毛毛

您不忍心
剁掉我的大腿
只砍我手中的
稻草人
我点了一把火
撂啊撂
您让恒虹
把我领进了
诗人扎堆的
维多利亚港
在那500人的
巨轮上
见到了您
八十高龄的
老前辈

诗仙呀
您的刀
不该去捅那个
手枪诗
它是您的
情人
它会按摩您的大腿
知道您的心
太累
您要斗那
中国诗坛上的十大

怪类

您的刀
为什么把我刺得
面目全非
还给我
挂上了
两块牌子
一块叫
"新诗百年怪胎"
一块叫
"张勋复辟"

瞧
这么沉重的牌子
挂在我这七旬老人的
脖子上
多么的无情
我像那古代的武士
盔甲护身
费劲地
撂着火把
帮您在诗坛上
烧荒

您的刀
不刺我的心
只砍我
手中的
稻草人
我明白了
您叫我来的
用意

您一刀下去
猛吼一声
这不是诗
只是
散文

啊
您的话
一言九鼎
一颗威力无比的
原子弹
从此
我的朋友
再也不和我较劲

我累了
我完成了
一件大事
那就是
帮您老人家
在香港的诗坛上
点火烧荒
打假从这里
开始

永别了
因为我不是诗人
我不去当
张勋
我愿作
中国诗坛上
为了古为今用
做点努力的一个

怪人

来吧
用您的刀
刺向我的胸膛
就怕您的刀
变成一堆废铁
要知道
我也曾
拜师学艺
练得一手
灵魂出窍的
技艺

我的魂
令您的船
改变航向
您的前面
是冰山
您的刀子
砍错了方向

您的船上
只乘新诗人
显得气量不够
我要把您的船
连上那
五千年的大船
一道前进

前进吧
这不是倒退
新诗与旧诗

并行不悖
别把友人当敌人
我和那个手枪诗的
发明人
是您的友人
咱们一道
打击那
滥竽充数的
假诗人

我手中的稻草人
已成了灰烬
我的使命
已经完成
谢谢您
助了我
一臂之力

再见吧
卢老诗人

绝笔手枪诗
吴伯贤

人
死
或早
或晚
别卧轨
要挺住
人生百年

让花开够
　　生来为了啥
　　为人民服务
　　诗仙呀
　　慢点走
　　跟你学一手

　　所谓新诗的天籁之音的韵律，就是对平仄而言，一讲平仄，甚至一讲押韵，就被认为是张勋复辟，非常绝对，我主张不要那么绝对，既要发挥新诗的天籁之音，也应发挥古体诗词的陈酿味道。既有甘泉味，又有陈酿味，这样，适合当今快速发展的信息社会。手枪诗是一种与时俱进的崭新的诗体裁，应予推广。

人生论美学实践

——以松竹体十三行汉诗（手枪诗）创作为例

黄永健

一、手枪诗与人生论美学精神内在关系

作为当代中国美学的重要流派之一，人生论美学融古通今，和合中西，要为中国当代本土美学理论大厦建基立脊，其美情范畴的创设，起因于当下中国的社会需求和国家需求，同时回溯历史的河床，有返本开新的朴茂气象，美情立足在人生日常生活中，同时，美情又从"常情"中炼情提升，在"善情"与"粹情"之间，创化思维理路，从而促成了西方认识论美学与我国道德论美学的双道并轨和化合创生。既非"援西入中"，更非"援中入西"，而是在中国哲学体用不二的智慧观照之下，将西方开始于柏拉图的所谓"绝对美""理念美"，转述为趣味、情趣、哲诗，内化为人生美情的本质要素，要之，美情论发端在人生日常，升华为"真、善、美"三原质的和合圆相，美情论的起点是流转迁移的"常情""不定情"[①]，而美情论的鹄的在情的美感传达——通过炼情圆情沉淀艺术内容，而出之于妙合无间、美轮美奂的艺术形式，美情论以情会通人生，以美攀升"真善"之境，体现中华美学务实品性，同时在文化创新层面，采西入中，立足本土，试图别开坦途，实现中国当代美学的创造性转化。

十三行汉诗（手枪诗）产生于微信平台，从内容到形式皆具备汉诗的音乐性、齐整性和形象性诸特征，追本溯源，它来自生活现场，表现人生百般况味，虽则写作方式、发表方式变了，但是它的写作方式更灵活了，居家、旅游、车站、机场、地铁车厢甚至早起晚眠片刻闲暇，临屏触思感怀，偶有灵感皆可以划屏成"枪"，朗朗成诵，所谓"才下眉头心头，倏已出击八荒"，手枪诗不用

---

① 此处参照婆罗多牟尼《舞论》中及印度美学中有关"味""常情""不定情"的说法。

笔（毛笔、钢笔）书写，而用手指触屏成诗，古言心手相应，而不说心笔相应，可见手枪诗写作与当今的各类文学样式一样，由于以指代笔、心手相应，作品的现场感和及物性得到了空前的强化，手枪诗雅俗兼容、易于上手，可以快速互动，使得所表现之"常情""不定情"等内容直通人生现场，如网络第一首手枪诗：

> 怎么写
> 愁死鬼
> 手执圩灯
> 伊人等谁
> 终南积雪后
> 人比清风美
> 古来聚少离多
> 常恨望穿秋水
> 知音一去几渺杳
> 暗香黄昏浮云堆
> 不如归
> 不如归
> 好梦君来伴蝶飞！

这首似诗非诗似词非词的"诗"，表现作者的"常情"——常人之情，人之常情——对发小同学的挂念、担忧、怜悯、痛惜、内疚等复杂情感，甚至调侃、玩味，总之，这首看图速成的诗，不是用康德的审美的静观所求得的，因为它是当事人在彼情彼景之下的真情实感而非只存在于理性之域的"粹美"，并以高度意象化语言和形象生动的"诗形"加以提炼超拔，来自人生现场的常人之情，在这种趣味化、调侃化的网络互动之中，实现了审美的飞跃，即由"常情"蝶化为"美情"。手枪诗自诞生以来，在数以千百计的网络"诗枪"中，其上乘者，往往都是能将内容与形式无缝黏合，音声天成、意境超脱的佳作，当然，诗有别趣别才，手枪诗的"善""美"二维往往需要学问积累，而手枪诗的"真趣"之维，得自童心才情，所以，有时候畅晓如白话口语的作品，同样一超直入，形神兼备，获得读者的广泛喜爱。

二、美情与手枪诗的"美形"

如何将"常情"转化为"美情"显然是人生论美学必须回答的问题,"常情"按西方分析心理学的看法大致相当于前意识和潜意识的情绪或情感结构,尚未进入佛家唯识之情识境界。老庄及孔子皆不轻视情,是因为中华先贤早已觉察,人之"常情"实内藏天理,所谓天理人欲、人欲天理,而不似西哲向来蔑视"感性"和"常情"。美学创始人鲍姆嘉登宣称"感性学"乃人类低级认识论,在中国先哲看来,七情六欲貌似伧俗低下,其实不然,七情六欲先天性地与天地同构,因此,"常情"才有可能通过主体的一番审美努力,转化为"美情"。"常情"的深层结构是美妙的,"常情"的浅层结构可能昏暗无明,而通过主体的炼情节情创育生发,"常情"可望穿透浅层结构而蝶化为既"情"且"美"的表象结构——"美情",具备形式(形象)的理式,同时天然地散发着、蒸腾着人生的情性、情绪和情欲。

吴思敬认为当代汉诗不必固化形式,因为每个人的情感——常情,千差万别;每一缕情感——当下情感,千差万别。因此,不能强求每个人每份情感来迁就某一种或某几种诗歌之形,自由乃第一要义,如当下的新诗和散文诗的存在状态。历史地看,这是人类诗歌演化史上的"殊相"——现代化过分压抑人性和人之常情,遂出现逆反的、惊悚的、歇斯底里的人类情感反弹,以反审美、反形式的"常情"大游行,来抗议社会对人之"常情"的异化,这是现代化带给人类的悲哀。可是,一旦人类对这种外在的压迫产生了文化的反思和觉醒之后,必然会采取最大的主观努力来对抗外在压力给人类造成的精神困惑,如目前陆续提出的可持续发展观、和谐发展观、人类命运共同体观念等,都是为了根本上化解现代化和后现代化对人类造成的外在压迫。人类的情感结构与天地结构一样,本有其"真趣""真味"(梁启超),一旦人性的压抑被解除之后,人性的光辉、美善及真宰必然获得新的审美确认,而由"殊相"再获"共相",诗歌之"常情",由"千江之月"而辗转回环为"千古之月","常情"转化为"美情"之后,内容与形式,情感与结构互为体用,从而实现诗歌传情达意。

当年仓颉造字"天雨粟,鬼夜哭",手枪诗在某种程度上,自然显现出汉民族的文化心理结构和汉字汉语的视听知觉表象,二者具有某种程度的同构对应性质,因此,网络上出现的第一首手枪诗出现了"怎么写/愁死鬼"这样奇异的诗句,如果说"美情论"艺术美学理念来自传统,又会通了西学,那么,手枪诗的"整体美""回环美"和"音韵美",就是中国"美情"的天机绽放。试以作者的作品和创作笔记为证:

手枪诗哦，原来是天机绽放

紫藤山

手枪诗
十三行
网屏内外
南来北往
汇三千诗史
成百万诗枪
不负孤亭守候
魂兮归来悠长
平平仄仄袅情丝
仄仄平平满庭芳
天雨粟
鬼夜哭
仓颉当时可曾想？

三、为人生而艺术的手枪诗美学关怀

人生论美学关注人生，自不待言。中国传统礼乐文化实际是人伦道德文化，礼约束欲望情感，乐激活平和欲望情感，乐不止音乐，包含了文学、舞蹈、戏剧等一切艺术形式，诗歌为其中荦荦大者。《诗经》来自民间，所谓桑间濮上，"风、雅、颂"中"雅、颂"为庙堂艺术，已从日常人伦中抽离而出，而其中的"风"——十五国风，抒发性情，雅俗共赏，若以"美情论"的美学观点加以打量，则"美情论"所提示的"挚、慧、大、趣"四情[①]尽在其中，真挚、理性、大关怀和趣味化，此乃《诗经》化情为美，贴近人生而又升华人生的美学秘诀。要而言之，西方美学和诗学有从"理式到理式""为美而美"的思辨传统，发展到极致出现了瓦雷里等人的"纯诗"，而中国"为人生"的哲学和艺术始终从人生和生活出发，叩击生死两端，过去是现在的映照，未来是现实的同构，道在其中，其乐悠悠，羊大为美，不是说肥大为美，而是说集中了羊

---

① 金雅. 论美情［J］. 新华文摘，2017（5）：90-93.

的优点者升华为普遍美,所以"美"这个字不离现实欲求而又超越现实,"美情"出自"常情",但是又从七情六欲中观审了自我,情趣化了自我,意象化了自我,使之趋向"真我"意境,刹那间,常情摆脱了负累,变为涵情、正情。

手枪诗的诞生具有鲜明翔实的人生内容和生活故事,手枪诗之"手枪"二字取其形似,颇具现代感(手枪是现代兵器),其学名"松竹体"又将其网名从容雅化,无论"手枪""松竹",都是日常事物。而以十三行篇幅浓缩升华中国三千年主流诗体,手枪诗浑身流淌着中国美学和诗学的血液。

双枪对鸣,十分滑稽。似此类手枪诗来自生活,不回避生活,但是其中有情、有思、有味,在押韵、平仄、节奏和回环照应及整体观的诗体有效约束之下,写作者的"常情"化为诉诸形式化的诗的"创构"。再如 2017 年五一期间四川自贡五中高 77 级毕业生 40 周年聚会上,张治国发表的"双枪连发手枪诗"——

写在同学欢聚时

花开阳春四月里
喜看同学闹欢聚

四川自贡五中高 77 级同窗好友,继前年、去年高 75 级、76 级后,又成功举行了毕业 40 周年大聚。同学多有几十年不见,音容笑貌知之甚少,听到相聚喜讯传来,远从厦门、上海、青岛、黑龙江、云贵、成渝等专程千里百里奔回故地热土,还请来高龄恩师……往事回首,其情意深厚,感慨万全,欣然挥笔赞赏。

微信撒,
长话拉。
爱注四海,
情投一家。
春望匆别路,
校迎当年娃。
热手喜慰愁容,
快相乐赞泪花。
姿影俊貌陪蓝天,

甜言美语赏白发。
老同学,
新脸颊。
久看痴问品香茶!
捧杯祝酒敬师友!
意深深,
情悠悠。
凝望慈脸爱太多,
感叹闹桌趣不够。
追忆喜添韵浓,
畅想乐增淳厚。
靓女露小饮,
帅哥藏豪口。
今朝欢聚,
明天谢走。
观潇洒,
赏风流。

四、手枪诗之道与美情结构

  美情之美外显于美形,内发于美情结构,古希腊客观论美学,以"数理结构"、"圆"、"椭圆"等为终级形式因,后来又有所谓"比例、平衡、色彩说"、"格式塔整体大于部分之和说"等,中国古代文论、诗论所谓"起承转合""平仄协调""抑扬顿挫""对仗工整"等,也是从外在形式上对诗文的美学规定。中国哲学主张天人合一,主观与客观天人同构,宇宙间的合目的性结构与人类的情感结构一而二、二而一,诗如画,除了意境追求二者不分彼此之外,今天已经分行书写并诉诸视知觉的汉语(汉字)诗歌,必须有形,自由诗分行书写,形式上自然与散文划清了文类界限,古代汉诗主要以"句数"(一句诗的字数)与总段数确立文类准则,如七律,以七言八句确立外在形体,西方标点及分行引进之后,七言八句加分行又成为今天的视知觉习惯,今天的自由分行新诗与散文的唯一区别只剩下分行,所以写出来的文句只要加上"分行"这个外形,就成了诗,并沿着西方的文化输入路线演化成痞败不类的"口水诗",如近年出现的"梨花体""羊羔体""乌青体""咆哮体"等。

引起全球高度警惕的西方文化同质化危机同样给当代汉诗敲响警钟，西方现代后现代艺术反本体论取向，在某种程度上，可看作是人类情感在科技理性压迫之下出现的情感反弹、情感宣泄，其反美学、反形式化理路在这样的时代是必然的，也是自为的，有它的合目的性和"形式因"，但是在一个拥有数千年诗歌美学传统的诗歌大国，移植这种带有原始野性思维的"泛形式主义诗歌"，必然会遭遇强大且持久的文化阻力和阻击。随着中华文明的重新崛起，作为中华新文明的重要象征符号的汉诗必然要重伸它的文化身份、心理结构和形式标志，就文化心理结构而言，汉文化中的对立统一、阴阳转化生成结构、起承转合轮回演化结构以及整饬统一、以简驭繁结构模式等，必然要重新伸张它的智慧魅力，诗歌外在形式亦必在遵循图画视觉美的前提之下进行可能的创新和形式转化，手枪诗的两两对出偶合、起承转合、长短回护，特别是最后一行的高峰突出、余响不尽，都是在遵循汉诗传统美情美形的前提下所进行的情感结构和外形结构的创新和转化。因为现代中国人的情感结构已不同于前现代时期，其繁复化、细节化和张力化特征表现得尤为突出，而手枪诗以七段（相当于七个音符）十三行以及多种变体打破古典诗词的固定格式，对当代汉语习得者的情感结构进行了较为准确的审美呈现，这就是人生论美学中美情的诗化表达和形式凝定。相对于自由分行新诗，手枪诗具备审美性、中国性和绘画性等三个方面的优势。它也是"中国文化、中国精神、中国形象、中国表达"的本然诗歌形态。试以2017年"洛阳牡丹甲天下，手枪诗词写国花"网络诗歌征文大赛王启成的参赛作品为例。

创作提要：以曲度格律手枪诗平仄两韵正式为基础，本组诗扩展为平仄两韵正反四式，共6首，并自创诗歌嵌套法，在最后一首最后一句，以图片方式嵌套了2首主题诗。将总题目分层递进为：洛阳，牡丹，洛阳牡丹甲天下；手枪，手枪诗，手枪诗词写国花。每首诗都遵循科学认识、再认识及意境转换和意义升华的艺术创作过程，使用全对仗，区别于以往诗词的意象思维和抒情手法。

洛阳（平韵正、七阳）

王启成

谈都市，
看洛阳。
历史悠久，

文明远扬。
十三朝正统①,
六故址遗隍。②
大运河节点处,
丝绸路始发乡。
河图与洛书绝唱,
教派和学理亿昌。③
人厚道,
地灵光。
牡丹文化更流芳。

牡丹（平韵反、六麻）

王启成

小株型灌木名花。
寒落叶,
暖发芽。
冠形偌大香浓郁,
色彩丰盈态怒华。
寓意雍容送贵,
托福美好发家。
天香国色谓,
众爱自尊涯。④
木尚如此,
人能有差?
修河洛⑤,
享叹嘉。⑥

---

① 古代洛阳有十三个正统王朝建都。
② 洛阳发现了六个古代城墟。
③ 佛教、道教、儒学、理学曾经汇聚洛阳并发展昌盛。
④ 传说牡丹违抗武则天的命令被贬洛阳,受到百花拥戴;涯指生涯。
⑤ 洛阳人自古研修河洛文化。
⑥ 享受赞叹和褒扬。

洛阳牡丹甲天下（仄韵正、十一陌）

王启成

入药灵①，
开花硕。
隋朝始培，
宋代赢获。
魏紫有妃姿②，
姚黄呈帝魄。③
烟绒似墨含金，
豆绿如松裹柏。
品种超千地脉宜④，
游人数万居民惜。
健身心，
强体骼。
多去洛阳当赏客。

手枪（仄韵反、二十二驾）

王启成

参战护身除恶霸。
配英雄，
防暴诈。
万众追随避佞邪，
一枪在握行天下。
人民试手神通，
盗匪闻声害怕。
战斗弹发言，
和平枪护驾。
花开洛阳，

---

① 牡丹的根和皮药名丹皮。
② 魏紫有花后的美誉。
③ 姚黄有花王的气魄。
④ 牡丹之所以洛阳为贵，因为这里的地脉最适合牡丹生长。

运寄华夏。①

政体通,

和谐化。

手枪诗（平韵正、四支）

王启成

松竹体,

汉语诗。

永健开创,

学人紧随。

十三行本式,

二四倍分支。②

曲度形成韵律,

龙风卷起格知。

隔行韵脚分平仄,

定位承合妙言辞。③

绝骈句④,

手枪姿。

颂扬国色最宜时。

手枪诗词写国花（平韵反、七虞）

王启成

赤橙黄绿紫蓝朱。

颜色众,

体姿姝。

国花论选居多数⑤,

---

① 人们能在洛阳赏花,全靠以枪为代表的国家武装力量保家卫国,并让华夏保持好时运。
② 十三行手枪诗每一句可以写两句,共26行;也可以写四句,共52行。
③ 曲氏韵律13行有明确的起（1、2、3、4）、承（5、6、7、8）、转（9、10）、合（11、12、13）句位。
④ 两头的句子可以是绝句式,不要求对仗;有的句子（7、8）是骈文句,必须对仗。
⑤ 在国花的评选中,有18个省占58.06%选牡丹,其余的还有梅花、菊花、荷花等。

统领群芳定点呼。①
里巷栽成美景,
条屏画入屠苏。②
文学思异句,
技术育新株。
我亦说爱,
谁能处孤?

五、人生践履与手枪诗文创

人生论美学尚真而不唯真唯美,以情统意,其蕴真含善立美的美情观,突出了人类情感的建构性及与其他心理机能的有机联系,昭示了人类情感提升的理想方向,既是扬弃种种贬斥感情的虚伪的封建伦理,又是抗拒种种现代主义、后现代主义工具理性、实用理性、反理性、非理性的有力武器。③ 人生论美学的"人生"二字既指向生命和宇宙,同时指向人类的现实生存境域,指向日常生活的当下,指向柴米油盐酱醋茶,指向的既是审美的标准和艺术的尺度,也是生命的价值和生存的信仰,由此它不仅对我们的审美趣味和艺术品趣产生积极的影响,也将对我们的生活实践和生命境界产生积极的引领。④ 因此,人生论美学既坐而论道,也起而践行,相互促成而亲密无间。

手枪诗坚持我国传统艺术论中的"情本体观",以情驭真,以情含善,变情为诗,成松竹体亭亭十三行,与西方十四行诗比并而立,相互对话,隔洋对唱,而成彼呼此应之势。

手枪诗作为新出诗体,依托互联网写作、传播,弘扬古诗懿范,融合新诗自由德性,可极典雅如诗词,可文白相间风流蕴藉,可脱口而出若打油、顺口、民谣、竹枝词,但是三年多来网络成百上千作者的手枪诗作品为证,纯粹的按韵合辙手枪诗很难奏效,而打油、顺口手枪诗也很难奏效,成功的作品必出自作者的激情抵达。情发为第一,理至为第二,这本身已说明手枪诗的创作心理

---

① 自古人们就点名呼唤牡丹统领群芳,在国花评选中基本确定。
② 屠苏最初为茅草房,后来引申为各种档次的房子。
③ 金雅.人生论美学传统与中国美学的学理创新[J].社会科学战线,2015(2):172-179.
④ 金雅.人生论美学传统与中国美学的学理创新[J].社会科学战线,2015(2):172-179.

机制是知情合意的产物，而现实人生中的生活境遇及由其而激发出来的人的情感则是创意引擎，但是，如果没有暗合着宇宙结构和中国文化美善逻辑的手枪诗外形的约束和导引，则生活化的情感就会肆意泛流，欧美自由诗及当代中国的现代汉语自由诗的最大危机就在这儿。吴思敬说，每一个人的当下写成的一首自由诗，自成唯一形式，自成宇宙，不无道理，但这只是追求审美之真，而罔顾善美，中国古诗词也追求真，所谓"不着一字，尽得风流"，无言之诗才是大诗，可是中国哲学和宗教并不蔑视善美，由此诗词曲赋说部导善立美，举凡诗词曲赋说部皆在崇真崇道的前提下，回向人生伦常之善和言辞文章之美，不回避生活现实，同时又美言之，曲言之，喻言之。手枪诗创作尊情导情，以既不同于古典诗词又不同于现代分行新诗的"松竹之形"和"完形结构"将常情、不定情加以美情化并外显为具有浓郁民族风情的新汉诗。可以说手枪诗的创作实践就是人生论的美学实践。

试以 2017 年立夏网友钱仲炎发表的即兴手枪诗为例。

立夏

钱仲炎

春渐归，
立夏到。
春雨蒙蒙，
月季正俏。
三鲜始上市，
五谷齐嫩娇。
清流耸翠迎瑞，
黄鹂白鹭鼓嘈。
一年之计步高潮，
九宇骄阳当头照。
勿等老，
惜今朝，
来日总比今日好。

立夏也就是寻常日子，但是这位作者，从立夏的日常景物中，提炼诗情，化而为韵味、趣味十足的十三行诗体，且语语如在目前，句句颇耐品味，立夏这个寻常日子经诗语、诗体的凝形美化，忽而蝶化为一个超越寻常日常的"人间词话"。

网络上每逢节假日都有网民自发组织手枪诗接龙，三八节、端午节、中秋节、春节、元宵节、光棍节、母亲节、父亲节、重阳节都出现过同题接龙手枪诗，有的数首，有的甚至有十首。里约奥运会期间，有人倡议以手枪诗接龙助阵中国运动员，于是每诞生一个金牌，旋即有人接龙，场面火热，热闹非凡。作者2016年发动以手枪诗接龙写《水浒》108英雄，以"武松打虎"起首，两个星期内写毕108将，共得200多首手枪诗，网友迅即插图编为诗集，并于微信平台广为推送，以武松打虎比况当下"打虎灭蝇"，手枪诗关注当下，这种诗体形式的寓意和网络接龙的互动体验性快乐，激发了网络作者的诗歌写作热情，其中高手连韵典雅、流美固获激赏，即便是草根新手上路，有时也因情真意切不假思索，"脱手"而成佳作。

六、美育论与手枪诗的美育涵成

人生论美学倡导美学的人生践行和生命体验，与今日正在热议的对话、体验、互动等话语相与颉颃，而人生论美学的实践品性贯彻到底，不止于个人的独善其身，更延伸至"兼济天下"，人生论美学"自觉觉他""自美美人"，是菩萨情怀，是沂上风度。由人生践行和生命体验进一步延伸，人生论美学走向对人的教育，也即对于人的美的教育和情的教育（蔡元培），以艺术之心和情韵之美教育国民，陶冶国人普遍的超脱的情感。按照梁启超的说法，人人成为"艺术家"必无可能，但是通过"趣味教育"，人人可成为生活向上并能够享用艺术的"艺术人"。[①] 在一个艺术的国度，人们以情度理，以理约守，和平相处，美善共容，共守道德的底线，艺术行不言之教，艺术就是没有教堂的宗教，宗教就是诗韵朗朗的艺术。

虽则梁、蔡二家的美育观、艺育观有些"理想化"，但在今天并未过时。生活在物质丰富的当下，经由对于"欲望至死"的反思之后，人类的心灵渴望美的提升，渴望真情、善情和美情的滋润，毕竟，生命不是过一把瘾就死，生命是花的绽放，期待果的圆实；人生也不是过山车，人生是格物致知，立己成人。

手枪诗形式严整，有其基本的格律要求，但是手枪诗并不高大上，因为手枪诗不拒绝也无法拒绝"低门槛"，手枪诗创作特点——人人可用手枪诗抒发情

[①] 金雅. 人生论美学传统与中国美学的学理创新[J]. 社会科学战线，2015（2）：172-179.

感,抨击时弊,相互酬唱,不亦乐乎。但是手枪诗又不是无边放任,搞泛形式主义和无政府主义,它有美情的内在提炼和诗韵的外在推敲的双重要求,就美情的内在提炼而言,创作者须诚心正意、真情而待,以传播正能量为第一要义。

  因此,人人可以写、可以发、可以评论互动不断提高创作水平的手枪诗,是当下人生美育的艺术途径之一。自由诗太自由,美情匮乏;古典格律诗词太传统,限制创作。手枪诗创始三年多来,渐获理解,因此,手枪诗或可为当代人生论美学开辟出一条美情化、美育化的诗歌道路。

承续、吸纳、革新
——十三行汉诗的诗体优势分析

黄永健

一、当代"格律体新诗"与十三行汉诗

网络写作的大众化、草根化和混杂化,使得当代自由新诗的话语霸权遭到了削弱,特别是进入 21 世纪以来,网络上质疑、批评自由诗的声音此起彼伏,加之从主流到民间,传统文化的重新认定和创新激活也变成了时髦话语,80 后、90 后、00 后新生代通过学校教育、社会耳濡目染及出国留学、旅游、考察等途径,逐渐褪去文化自我矮化心态。各种新古典主义式的音乐、舞蹈、绘画、时装、影视、动漫等,又被纳入当代的审美视域,微信等短平快传播媒介改变了文学的写作习惯、阅读习惯、评价习惯和交流习惯,在这种情形之下,根深蒂固的汉语格律诗及其创新形式以其强大的文化惯性,呼应互联网时代的审美时尚,并呈现出"借屏书写""创新式样"和"传统回潮"等诗学风向。

正如研究者指出的那样,中国诗坛有"朦胧诗"和"归来者"两股潮流,在形式上都是自由诗占据绝对优势,格律体新诗远离主流。其后,"诗态"的演变就更加匪夷所思,新诗朝散文化、无韵化的方向一路狂奔,使自己远离时代,背离读者,格律体新诗就更是被挤到了边缘的边缘。但是,兴许是因为中国有着太长久太深厚的格律诗传统,历代诗人们用各种格律样式写出了世代流传的无数优秀诗作,对格律的需要成为民族的诗歌美学基因,也因为自由诗始终不能如"胡琴"转变为本土的民族"乐器"那样,在中国牢牢扎根,所以尽管外部条件很差,建立新诗格律的理想却怎么也不会泯灭,理论的研究与诗体的试验并没有停止,仍然在艰难而顽强地前行,终于在新旧世纪之交,无论理论研

究还是创作实践都达到了新的高度，形成了前所未有的崭新局面。①

当代研究者对"现代格律诗"或"格律体新诗"的研究一直在往前推进，许可在《格律体新诗鼓吹录》中依次划分了"七种现代格律诗"，即五言、七言、八言、十言、十一言（按音步组合的差别再分为甲、乙二式）、十二言。邹绛的《中国现代格律诗选》首次把格律体新诗分为五类：一、每行顿数整齐，字数整齐或不整齐者；二、每行顿数基本整齐，字数整齐或不整齐者；三、一节之内每行顿数并不整齐，但每节完全对称和基本对称者；四、以一、三两种形式为基础而有所发展变化者：以上四种类型都有格律地押韵；五、遵照一、三两种模式，但是不押韵或押韵却没有一定之规的。吕进所著《中国现代诗学》又进了一步，把新诗分为自由诗和格律诗，指出"只有自由诗，绝不是正常的现象。"他将现代格律诗分为四种类型：一、每行字数相等的同字体；二、每行顿数相等的同顿体；三、诗节内部参差不齐，但各节模式相同，形成的对称体；四、以上三种之中不押韵的"素体诗"。

万龙生将现代格律诗分为三种类型：一、整齐式——每行顿数一致，字数相等或略有出入者，上承中国古代的五、七言等齐言诗；二、对称式——各个诗节节式相同，完全对称者，上承中国古代的"词"；三、综合式——整齐的部分与对称的部分在一首诗中并存的作品。此外，还有四行体、六行体、八行体、十四行体、外国原式（4433分节的意大利式与4442分节的英吉利式）、中国变式（符合格律体新诗三分法的多种体式）②，考虑到不押韵的"素体诗"是英国诗歌样式，汉语却是富韵语言，中国古代诗歌向有押韵传统，他把押韵作为必要条件，在现代格律诗中没有给予素体诗一席之地。③"经过70多年的风雨历练，现代格律诗的形式框架可以说已经形成。""根据内容表达的需要，按照建行、成节、用韵的规则，可以构筑的现代格律诗样式是无穷无尽的，说创作现代格律诗具有无限可操作性并非夸张之辞。"什么"格律束缚思想"，什么现代格律诗"千篇一律"的偏见，都应该抛弃了。④

尤其值得一提的是，2005年7月，"古典新诗苑"论坛在合肥聚会，决定论坛改名为"东方诗风"，议决以新诗格律建设为己任，明确以建立格律体新诗为

---

① 万龙生.闻一多：格律体新诗之父——纪念〈诗的格律〉发表90周年[J].中外诗歌研究，2016（4）：14-20.
② 万龙生.命名·分类·谱系：新世纪格律体新诗理论的重大进展[C]//第三届华文诗学名家国际论坛论文集.重庆：西南大学出版社，2009.
③ 万龙生.现代格律诗的无限可操作性[J].重庆社会科学，1996（6）：41-46.
④ 万龙生.现代格律诗的无限可操作性[J].重庆社会科学，1996（6）：41-46.

目标。目前"格律体新诗"这一称谓已经广泛使用,正在逐渐取代沿用已达半个世纪的"现代格律诗"。

十三行汉诗(网名手枪诗、松竹体新汉诗)押韵、调平仄,采用对仗、意象锻炼以及典故、反复、回环、顶真等汉语诗歌手法,行数固定、字数固定而又演化为多种"变体",是典型的"现代格律诗""格律体新诗",只不过,相对于上述各种"格律体新诗"而言,十三行汉诗的"汉诗性"更加显著,它将古典标志性的三言、四言、五言、六言、七言诗通过古典标志性的对仗、偶出、联句形式整合在一起,在整体上是一个"起、承、转、合"的圆形结构,如果我们套用"格式塔"理论,则上述各种"格律体新诗"(包括自由诗)整体上是一个个"格式塔"混成结构,当然像徐志摩的《再别康桥》是无意中形成了一个"起、承、转、合"的圆形结构,而闻一多的《死水》只是一个"格式塔"混成结构,十三行汉诗当然运用了"音尺""顿""音步"的表现手法,但是,相对于"音尺""顿""音步"这些从西诗引进过来的节奏性标志而言,它的每句之内更加讲究平仄的工整,更加强调汉语诗歌的音乐性和听觉审美感受。十三行汉诗的"现代性"和"新诗性"表现在它的"可俗可雅""文白相间",直面现实,抵达当下,用"似旧而新"的汉语诗歌形式反映发生在全球化语境中的现代生活种种场景、故事、事件、感受等,同时积极采用"隐喻""象征""跳跃""反讽""幽默"以及"戏仿""拼贴""蒙太奇"等现代派诗歌手法,强化其强烈的时代气息,尤其最后一句是一个"独立句"将诗的意境和盘托出,同时有意与六个"对出句"拉开距离,在更大的时空情境中,将起首二句的诗意诗情纳入圆形结构之中,成就中国哲理层面上的"无往而不复"以及"道一以贯之"的大美愉悦。

因此可以说,微信平台所催生出来的十三行汉诗,是近年来产生了较大社会影响的"格律体新诗",用吕进的观点加以观察,则十三行汉语诗是或大致是:一、每行字数相等的同字体;二、每行顿数相等的同顿体;三、诗节内部参差不齐,但各节模式相同,形成的对称体。用万龙生的观点来加以观察,它是既"整齐"又"对称"的"非素体诗",在四行体、六行体、八行体、十四行体、外国原式之中,是新近探索出来的具有强烈"中国性"和"汉诗性"的"格律体新诗"变式,符合格律体新诗三分法的多种体式,它对当代已经成型并具有了丰硕创作成果的各类"格律体新诗"是一个强有力的补充和超越,因为其容含数千年国诗美学内质于一体,而蓬勃着不断成长壮大的发展潜力,完全有可能成为与西方十四行诗以及当代中国自由体新诗进行美学博弈的创新诗体。

二、十三行汉诗的美学内质

笔者曾当面请教《诗探索》主编吴思敬，他认为当代汉诗不必固化形式，因为每个人的情感——常情，千差万别，每一缕情感——当下情感，千差万别，因此，不能强求每个人每份情感来迁就某一种或某几种诗歌之形，自由乃第一要义，如当下的新诗和散文诗的存在状态，历史地看，这是人类诗歌演化史上的"殊相"——现代化过分压抑人性和人之常情，遂出现逆反的、惊悚的、歇斯底里的人类情感反弹，以反审美的、反形式的"常情"大游行，来抗议社会对人之"常情"的异化，这是现代化带给人类的悲哀。可是，一旦人类对这种外在的压迫产生了文化的反思和觉醒之后，必然会采取最大的主观努力来对治外在压力给人类造成的精神困惑，如目前陆续提出的可持续发展观、和谐发展观、人类命运共同体观念等，都是为了根本上化解现代化和后现代化对人类造成的外在压迫，人类的情感结构与天地结构一样，本有其"真趣""真味"（梁启超），一旦人性的压抑被解除之后，人性的光辉、美善及真宰必然获得新的审美确认，而由"殊相"再获"共相"，诗歌之"常情"，由"千江之月"而辗转回环为"千古之月"，"常情"转化为"美情"之后，复以美形美体发明当下，内容与形式、情感与结构互为体用，从而实现诗歌传情达意的诗哲显现。①

美情之美外显于美形，内发于美情结构，古希腊客观论美学，以"数理结构""圆""椭圆"等为终级形式因，后来又有所谓"比例、平衡、色彩说"、"格式塔整体大于部分之和说"等，中国古代文论诗论所谓"起承转合""平仄协调""抑扬顿挫""对仗工整"等，也是从外在形式上对诗文的美学规定，中国哲学主张天人合一，主观与客观天人同构，宇宙间的合目的性结构与人类的情感结构一而二，二而一。诗如画，除了意境追求二者不分彼此之外，今天已经分行书写并诉诸视知觉的汉语（汉字）诗歌，必须有形，自由诗分行书写，形式上自然与散文划清了文类界限。古代汉诗主要以"句数"（一句诗的字数）与总段数确立文类准则，如七律，以七言八句确立外在形体，西方标点及分行引进之后，七言八句加分行又成为今天的视知觉习惯，今天的自由分行新诗与散文的唯一区别只剩下分行，所以写出来的文句只要加上"分行"这个外形，就成了诗。吴思敬说每一个人当下写成的一首自由诗，自成唯一形式自成宇宙，不无道理，但这只是追求审美之真，而罔顾善美。中国古诗词也追求真，所谓"不着一字，尽得风流"，无言之诗才是大诗。可是中国哲学和宗教并不蔑视善

---

① 黄永健. 人生论美学与松竹体十三行新汉诗实践[J]. 名作欣赏，2017（28）：29-34.

美，由此诗词曲赋说部导善立美，举凡诗词曲赋说部皆在崇真崇道的前提下，回向人生伦常之善和言辞文章之美，不回避生活现实，同时又美言之，曲言之，喻言之。手枪诗创作尊情导情，以既不同于古典诗词又不同于现代分行新诗的"松竹之形"和"圆形结构"将常情、不定情加以美情化并外显为具有浓郁民族风情的新汉诗。

引起全球高度警惕的西方文化同质化危机同样给当代汉诗敲响警钟，西方现代后现代艺术反本体论取向，在某种程度上，可看作是人类情感在科技理性压迫之下出现的情感反弹、情感宣泄，其反美学、反形式化理路在这样的时代是必然的，也是自为的，有它的合目的性和"形式因"，但是在一个拥有数千年诗歌美学传统的诗歌大国，移植这种带有原始野性思维的"泛形式主义诗歌"，必然会遭遇强大且持久的文化阻力和阻击。随着中国文明的重新崛起，作为中国新文明的重要象征符号的汉诗必然要重申它的文化身份、心理结构和形式标志，就文化心理结构而言，汉文化中的对立统一阴阳转化生成结构、起承转合轮回演化结构以及整饬统一、以简驭繁结构模式等，必然要重新伸张它的智慧魅力，诗歌外在形式亦必在遵循图画视觉美的前提之下，进行可能的创新和别造，十三行汉诗的两两对出偶合、起承转合、长短回护，特别是最后一行的高峰突出、余响不尽，都是在遵循汉诗传统美情美形的前提下所进行的情感结构和外形结构的创新和转化，因为现代中国人的情感结构已不同于前现代时期，其繁复化、细节化和张力化特征表现得尤为突出，而十三行汉诗以七段（相当于七个音符）十三行以及多种变体打破古典诗词的固定格式，对当代汉语习得者的情感结构进行了较为准确的审美呈现。

相对于自由分行新诗，十三行汉诗具备审美性、汉诗性、绘画性、音乐性、意象性等五个方面的优势。

十三行汉诗（手枪诗）产生于微信平台，从内容到形式皆具备汉诗的音乐性、齐整性和意象性诸特征，追根溯源，它来自生活现场，表现人生百般况味，虽则写作方式、发表方式变了，但是它的写作方式更灵活了，居家、旅游、车站、机场、地铁车厢甚至早起晚眠片刻闲暇，临屏触思感怀偶有灵感皆可以划屏成"吟"，朗朗成诵，所谓"才下眉头心头，倏已出击八荒"。十三行汉诗不用笔（毛笔、钢笔）书写，而用手指触屏成诗，古言心手相应，而不说心笔相应，可见十三行汉诗写作与当今的各类文学样式一样，由于以指代笔，心手相应，作品的现场感和及物性得到了空前的强化。十三行汉诗雅俗兼容、易于上手，可以快速互动，使得所表现之"人之常情""不定情"① 等内容直通人生现场，如网络第一首十三行汉诗：

怎么写
愁死鬼
手执圩灯
伊人等谁
终南积雪后
人比清风美
古来聚少离多
长恨望穿秋水
知音一去几渺杳
暗香黄昏浮云堆
不如归
不如归
好梦君来伴蝶飞！

这首似诗非诗、似词非词的"诗"，表现作者的"常情"——常人之情，人之常情——对发小同学的挂念、担忧、怜悯、痛惜、内疚等等复杂情感，甚至调侃、玩味，总之，这首看图速成的诗，不是用康德的审美的静观所求得的，因为它是当事人在彼情彼景之下的真情实感而非只存在于理性之域的"粹美"，并以高度意象化语言和形象生动的"诗形"加以提炼超拔，来自人生现场的常人之情，在这种趣味化、调侃化的网络互动之中，实现了审美的飞跃，即由"常情"蝶化为"美情"。手枪诗诞生以来，在成千上万的网络"诗枪"中，其上乘者，往往都是能内容与形式无缝黏合，音声天成意境超脱的佳作。当然，诗有别趣别才，十三行汉诗的"善美"二维往往需要学问积累，而手枪诗的"真趣"之维，得自童心才情，所以，有时候畅晓如白话口语的作品，同样一超直入，形神兼备，获得读者的广泛认同。

三、十三行汉诗与西方十四行诗

十四行诗又名商籁体，为意大利文 sonetto、英文 Sonnet、法文 sonnet 的音

---

① 此处参照婆罗多牟尼《舞论》中及印度美学中有关"味""常情""不定情"的说法。

译，语源于普罗旺斯语 Sonet（短歌）。Sonnet 这个词可追溯到拉丁文 sonus（声音），跟英语单词 sound 和 song 的词根 son 有近亲关系，原为中世纪民间流行并用于歌唱的一种短小诗歌，自欧洲进入文艺复兴时代之后，这种诗体获得广泛的运用。意大利的诗人彼特拉克为主要代表，他一生写了 375 首十四行诗，汇集成《抒情诗集》，献给他的情人劳拉。商籁体又分为意体和英体两种。意体十四行诗，又称彼特拉克体，由两节四行诗、两节三行诗组成，押韵前两节一般是 abba、abba，后两节六行或两韵变化，或三韵变化；英体即莎士比亚体十四行诗，又称伊丽莎白体，由三节四行诗和两行对句组成，押韵方式一般为 abab、cdcd、efef、gg。

西方著名诗人如弥尔顿、华兹华斯、雪莱、济慈、普希金、莱蒙托夫都有十四行诗传世，普希金更是将欧洲十四行诗发展成为"奥涅金诗节"：长诗中的基本单元是诗节，每一诗节中包含 14 个诗行，每行中包括 4 个抑扬格音步，每音步 2 个音节。这 14 行诗中，有的每行结尾为轻音者，谓之"阴韵"，9 个音节（最后一个轻音音节不构成音步）；有的每行结尾为重音者，谓之"阳韵"，8 个音节。阴阳韵变换的规律和诗行间押韵的规律之间又有严格的配合，这十四行诗的押韵规律是：ABAB、CCDD、EFFE、GG。各行音节数为 9898、9988、9889、88。普希金的《叶甫盖尼·奥涅金》凡 420 多个诗节，相当于 420 首十四行诗，2016 年国内网络诗人曾运用十三行汉诗重写《水浒传》，计 200 多首十三行汉诗合写《水浒》英雄群像。莱蒙托夫使用十四行诗写出过一篇 50 余节的诗体小说《唐波夫财政局长夫人》，相当于 50 首十四行诗。尤其值得一提的是，伊丽莎白·勃朗宁（勃朗宁夫人）的《葡萄牙人十四行诗集》，成为西方文坛佳话，44 首十四行诗记录着伊丽莎白·勃朗宁和罗伯特·勃朗宁之间的爱情"神话"，其美丽动人，甚至超过莎士比亚的十四行诗集，闻一多、查良铮（穆旦）、方平等曾将其翻译传播至中国。

十三行汉诗（手枪诗），隔行押韵，提倡用韵抑扬平仄，起承转合中，十三行汉诗两两对出，隔句押韵，起首为两行三言诗，接着是两行四言、五言、六言、七言，最后回归两行三言，最后一行为七言（33、44、55、66、77、33、7），亦可 22、33、44、55、66、22、6，还可 11、22、33、44、55、11、5，体式可基于十三行而多变。如写回环韵诗时，第一行第一个字的韵就要选好，在抑扬之中才能让第十三行最后一个字的韵回环相瞩。其变体尚有 7、33、77、66、55、44、33，6、22、66、55、44、33、22 以及 5、11、55、44、33、22、11。当然十三行汉诗还可以像普希金的"奥涅金诗节"一样，每节十三行，可以写成双节、三节、多节等，也就是说，十三行汉诗可以写成长诗，犹如西方十四行短歌一样，可以独立抒情，也可以多节连唱，形成容量较大的作品。作者本人曾经用十三行汉诗写过《瑰丽中华100年》《社会主义核心价值观》，前者9节，后者6节。

十三行汉诗，从其诗体和用韵来看，既有近体诗格律的规整，又有宋词元曲长短句之韵致，有人认为它是一种有严格格律的现代词牌，一些诗作还蕴涵音乐之美，可诵可歌、可吟可唱。但是历史上没有哪一个词牌是如此天然地将中国古诗的所有重要形式（三言、四言、五言、六言、七言）全部囊括在一首诗（一阕词）之内，历史上也没有哪一个词牌是如此天然地运用了两两对出的形式，凸显了由"阴阳协调"宇宙结构所呈现出来的语言和情感的自在之美和本然特质。

十四行诗内部分为四节，十三行汉诗内部不分节，而是以两两对出回车方式迅速组合成十三行，表面上看它不分节，但实际上它可以与莎士比亚体一样分为四节，即"起承转合"，西方人未必知道中国古代作文作诗心要——起承转合，但是诗无国界，文同此理，十三行汉诗当然可以四次回车方式断为四个诗节，但从形式美感和快捷方便两个层面来考量，似无必要，一旦断开，很像白话自由诗，松竹形象散乱以至令人想象它是模拟十四行体，而其实因为汉字方块字及语音结构的阴阳对称性，使得汉诗的韵式、节奏和整体性与西诗产生巨大差异。另一方面，十三行汉诗志在开拓创新，又必然学习十四行体和自由诗、散文诗的长处，如节奏的起伏、意象的调度、音声的暗示回护、情绪的起伏宕荡等。西方的格律诗韵式主要有四种，即交韵（alternating rhyme scheme），又叫"交叉韵""换行韵"——一三行押，二四行押（ABAB）；抱韵（enclosing rhyme scheme），又叫"首尾韵""环抱韵"——一四行押，二三行押（ABBA）；随韵（running rhyme scheme），又叫"连续韵"——一二行押，三四行押（AABB）；叠韵（overlap rhyme scheme），又叫"重叠韵"——两行押韵（AA）。十三行汉诗在创作实践中，当然可以采用这些中西诗歌中都存在的韵式。

十四行体在严守格律的前提下，可以将一个长句分化在两到三个甚至更多的诗行中，这也与十四行诗相仿佛，十三行汉诗可巧为借鉴，不必对偶两出，可以采用流水对、拈连、顶真、回文、重文、反复等等形式，打破格律，千变万化，但其整体形式必须维持。按格式塔定律——整体大于部分之和，我们必须在充分认知两种诗体的差异性的同时，深刻认领其同守共遵之整体美。

十三行汉诗对于当代中国读者而言，有"似曾相识燕归来"的亲近感，而十四行体（包括冯至等人的所谓上乘之作），都与我们的阅读习性格格不入，此无它，盖因十三行汉诗实暗含中华哲理——阴阳调和、变而不变、大道至简及起承转合（生成驻灭）之宇宙观和生命观，而这些东方哲训或为西方人不可理喻，或为西方人拒绝认领，质文代变，而大道恒存，此新汉诗十三行体在文化中国时代，借互联网悄然出世，不可遏制之内在根源。

比较十三行汉诗和十四行体英诗，让我们回到了文化的发源处，同时又找到了文化的交汇处和诗歌形式创化的突破点。

十三行汉诗在创作时，可以大白话入诗，第一首十三行汉诗起首"怎么写，愁死鬼"，完全是大白话，其实遍览唐诗宋词，大白话比比皆是，如骆宾王的"鹅鹅鹅，曲项向天歌。白毛浮绿水，红掌拨清波"。又如贺知章的"少小离家老大回，乡音无改鬓毛衰，儿童相见不相识，笑问客从何处来"，诗是自情感中生长出来的，而不是刻意雕琢，实乃浑然天成，十三行汉诗只是生于手机微信而浑然天成，并借助互联网而风靡海内外。

诗无形不美，诗无韵不畅。十三行汉诗在"美"与"畅"中，寻找到了平衡点和结合点。特别值得一提的是，十三行汉诗最后一句是全诗的魂，对全诗能否"既美又畅"起到了定海神针的作用。十三行汉诗创作时的选题可谓是包罗万象，万事万物皆可入诗。有作者喜欢将唐诗宋词名家名作背景入诗，并注以对应的名诗名词而共赏；有作者喜欢看图看景对屏吟诗，一景一诗，相映成趣；有作者醉心于华夏文明源头的史前红山文化，用十三行汉诗歌写远古的红山文化；还有作者对心灵感悟、社会新闻、风花雪月、琴棋书画情有独钟；也有作者开拓十三行汉语诗功能，让其与企业和品牌挂钩，展现十三行汉诗之适众性和时代性。十三行汉诗，又适合用于书法的章法开新，众多书法家因十三行汉诗的体式之美和多变可能，纷纷以多种书体形法来书写十三行汉诗，并运用自刻的各式闲印补白添意，更有书家在书法创作中，匠心独运，或题于松竹纹扇面，或将其改为松塔形、手枪形、长龙形等。

现代诗：外形式的表征与体式
——兼论"手枪体"与"截句体"

陈仲义

现代新诗的外形式分两部分。大方面（大外形式）涉及体式（诗体），小方面（小外形式）涉及具体排列。现代新诗外形式的标识是分行，也是它的外形式"底线"。由于现代语境的巨大变迁，新诗难以完成"定行、定字、定顿、定称"的"四定"格律化建构，而更多从事宽泛性体式的建设。通过对近年流行的"手枪体"（又称汉诗十三行体）与"截句体"的剖解及评骘，再次重申现代诗体的格局："以自由诗为主导的泛诗体联盟"。

一、外形式的根本标志——分行

古诗不分行，因为有先在的"绝律"范式存在，人们在接受时自然会在每一句的或五言或七言处做停顿性"句读"，而不致陷入无端的迷乱。现代新诗面对的是无休止的奔放"撒野"，问题可就严重多了：究竟要不要有所收敛，在坚持分行的前提下，以此作为与其他文体的最后界限；同时创制出什么范式作为大体格式，以此克服长期以来被诟病的"一盘散沙"？笔者一向以为，现代新诗的外形式分作两部分：大的方面——大外形式指向诗体（自由体、小诗体、半格律体等）；小的方面——小外形式涉及具体排列（分行、跨行、韵式等）。古诗的外形式相对单纯，由于严谨的行联、字数、平仄、韵辙规定，任何造次、怪异的秩序都会立马被逐出诗歌行列。现代新诗则换上另一副形式面具：分行、跨行、窜行、空白，加上大量复句和多音节词，造成节无定行、行无定句、句无定字，随机押韵或根本不押韵的自由"散板"。如此散漫"拖鞋"何能配上尊荣服饰、娇美贵体？所以，100年来，看不惯的人们前赴后继，不断从事外形式的纠偏与规范工作。25年前，笔者在《分行跨行：形式的根本标记》中主张，现代诗的外在形式只要遵守"分行排列"这一总体原则就行了。"无型便是型"，即"诗无定行，行无定句，句无定字"理应成为现代诗外在形式的基本信条。虽然也有极少数人走得更远，鼓吹现代诗形式根本不要分行，完全打破文体界限，以顺应愈演愈烈的跨界大潮；但笔者认为，诗歌外形式的最后一条底线，还是不要轻易放弃分行。重要的是，分行突出了诗歌的文体特征，挽留了诗歌外形式的张力。尤其面对势头越来越盛的散文诗。散文诗介于诗与散文之间，其体征越来越靠拢诗的意味，如果不再坚守分行的"三八线"，散文诗有可能继续突破节、段、章的分隔，大量渗透到单句的分行排列，加剧模糊诗与散文诗的界限，实则有害于双方文体的各自建构。早在80年前，废名在充分认识自由体的天性时，就一口咬定，新诗"唯一的形式是分行，此外便由各人自己去弄花样了"。后来艾青强调自由诗要注意两条"行规"：一是自由分行，二是自然节奏，两者相辅相成，共同缔造散文美。现代诗的散文美属性内在地契合自由诗的"野性"。自由分行放任了外在形式，自然节奏怂恿内在情绪流，两者叠加，把现代诗的先在基因和后天培育推送到几乎难以监管的地步，既大大成全了现代诗疯长的趋势，又阻断了许多格律化的可能去路。吴思敬在分析了两者之间的关系后认为，因为"内在的韵律"属于诗人内心的活动，是看不见、摸不着的。通过"外化"转化为"外形式"的时候，必然要产生节奏感，这种节奏感，不局限于"五七言"。对新诗来说，内在的情绪流的外化就集中表现在"分行"上，故而"新诗唯一的形式是分行"基本上是站得住脚的。自由诗之"自由"，是相对格律化而言的。不约束的分行加剧了自由精神的放纵，同时也会"瓦解"格律化的努力。因为自由与分行在精神与操作上两者达到高度一致，表面体征，不过是行数的加加减减，貌似微不足道的雕虫小技，其实它承担一个重任，即促成每一次写作，都是追求一次形式的完型。诚如艾略特所认定的："自由诗是对僵化的形式的反叛，也是为了新形式的到来或者旧形式的更新所做的准备；它强调每一首诗本身的独特的内在统一，而反对类型式的外在统一。"同样，也诚如吴思敬所分析的："从诗人创造角度看，不能把诗的创造理解为某种外形式的简单选用，再按照这种外形式的要求按部就班地填进内容，也不能从一个先验的经验出发，然后设想一个外形式去套这个先验的经验。"越来越多的人意识到，分行是新诗的外在标识。外形式是分行跨行的外在排列组合方式。一首诗不分行，无形中诗意会流失，因为连续而密集的文字屏蔽了诗歌的内在"空隙"，诗的沉默力量无法得到完全释放；读者在连续的"被追赶"中，没有时间静下心来思考，限制了想象展开。所以说，即使最按部就班的分行，也可以最低限度地挽留诗之张力。分行由于短暂停留的间隔，有利于提供阅读的期待视野，提供含蓄蕴藉的空间；有利于表现诗情的跳跃性，布设"留白"而弥散诗语的微妙性；有利于诗歌节奏轮廓的加强，与韵脚搭配相得益彰，成为诗歌外在音乐性的重要保证；还因为分行突出了诗行的某些成分，使诗歌的某一部分更为醒目，增强所指。而对于写作者来说，分行以后，有可能意味着每一行都是一个新的开端，每一个新开端都可能产生不同的"诗想"，这样原先的情思可能在"非自觉"的状态下，不断得到变化，从而不断地产生新的感兴。比起传统新诗，现代诗分行排列出现了两大变化：一是出现了复合式的大规模跨行（包括出现大量虚字"牵头"、频度很密的跨跳脱节、跨跳脱节中遗留的断裂空白）；二是原本句子中的完整成分，被有意切割为更为细小而突出的单元，形成更为自由的行进轨迹，完全瓦解了"以行为句"的古典排列，建构起行句错杂有致的新形式。在穆旦阶段，他的《赞美》用和谐的音顿，规范排列，没有什么造次，凭借多个连词的"而"和"因为"的多次使用，就把一个长段落的思想情感"切分"得有理有据又丰富多彩。这是早中期新诗践行"言文一致"的表意原则，句子成分较为完备、逻辑语义关系大体清晰。但是到了当代臧棣阶段，分行排列中夹缠众多的分辨、对话、疑问、盘诘，原来与文字并行的情感逻辑关系出现某些错落，诗意变得模糊：何止是天涯？你说。/但我们没有听见。要是在往常，/戏里，或戏外，不过是我和另一个我在湖边/交流新鲜食谱：你知道/腌制后，小河虾的眼神/是什么滋味吗？但现在是/我和另一个你在去果园的路上/相互开窍。何止是女人/可用来给迷宫输液？你说。/何止是一口气咽不到/风景的深处？你想说。/何止是想不开不解/什么是人生的奥秘，什么是迷宫？（《芳草协会——赠默默》）何止—但—要是—不过—但—何止—何止—什么—什么，在三个连锁字句中翻滚着三个连续转折，其中夹着一个假设，后拖着两个并列，这种饶舌式的臧氏风格，使得原来较为简单顺畅的驿道变得七拐八弯。就文本而言，分行跨行推进语法、语感、句式的摇曳多姿，也相应促进意涵的曲折丰满；就小外形式的中远目标看，分行跨行还为异形诗（图像诗）的迅速发展奠定了基础。笔者以为，外在形式多数时候不用事先人为规定。在文体格式上，保留、遵守"分行排列"这一总体原则就算入了门。入门后的提升涉及两个问题：（1）分行与跨行的质量；（2）排列的量化取舍。但是，"当我们把诗歌中存在的自由形式超前到没有边际的任何地方，就成为无边际的边际"。"形式自由的无边际过程，也是这自由无边际的失去过程。自由内在地被自由自己的无度限制了。"这样，自由体式的生长也一直面临两难的审判。一方面是格律化诉求的陪审团在不断追逼、敲打；另一方面是长期无法无天的"惯犯"，让排列异常的"诉讼"有增无减。新诗史上最具经典的外形式案例当数台湾老诗人林亨泰《防风林》（二）：

>防风林
>
>的外边还有
>
>防风林的
>
>外边还有
>
>防风林的
>
>外边还有
>
>然而海
>
>以及波的罗列

通过"防风林"的一连串排列和复沓，撑起了早期"异形诗"门面，一般人都会对这种怪异的排列啧啧有词，完全不解字形的图像先声。而到了《距离的两倍》，更让人蒙头转向：

>你的诞生已经
>诞生的你的死
>已经不死的你
>的诞生已经诞
>生的你的死已
>经不死的你
>一棵树与一棵
>树间的一个早
>晨与一个早晨
>间的一棵树与
>一棵树间的一
>个早晨与一个
>早晨间
>那距离必有二倍距离
>然而必有二倍距离的

不用说强行将词的诞与生、早与晨、一与个、已与经彻底切断，叫人困惑，更在行的完整意义上，滥杀无辜。此番行距间所拉开的公里数岂止两倍计？即便有少数先锋批评家站出来替他"解围"，做"生死"与"时空"的二段演绎推论，结果还是无法抹掉众人的重重疑虑。新诗史上这一高难度的分行排列

"公案",看来得留给未来诗歌的柯南道尔。选择两个极端的案例是想重申:小内形式的分行排列,并非细枝末节,可有可无。它一方面负担外形式的根本体征,另一方面又勾连起内形式的意涵。貌似不起眼的"断连"手续,其实维护着有序中的无序、无序中的有序;从排列编码到韵脚的有无,小小外形式,其实也隐藏着丰富的诗性思维与技艺。

二、体式基础与"主从"关系

现代新诗砸碎格律的镣铐后,有如三寸金莲松绑,快意舒展,放肆得有些收拢不住。自然也接到各种"瘦身""整容"的警告。新诗伊始,规范自身体式的探索与实验,叫一大干人马殚思极虑,纷纷拿出方案。刘大白提出"整齐律",宗白华提出"图画形式",陆志韦提出"重造新韵",闻一多提出"三美",朱湘提出"对称论",林庚提出"半逗律"。20世纪50年代何其芳推行"半格律"。新时期以来,许霆进行全面性梳理,万龙生提出新格律的整齐式、参差式、复合式,并试图推衍为"无限可操作性",吕进鼓倡"诗体重建"二次革命,黄淮沉浸于万首"自律体"操演……在他们看来,没有确立新诗多种体式,新诗就不能算作成熟。有必要重提闻一多,他虽然致力于格律化建设,却异常清醒地看到古今格律化三点不同:一是律诗永远只有一种格式,新诗的格式却是层出不穷的。二是律诗无论是做什么,你得设法把它们挤进规定的格式里去不可,而新诗的格式是"量体裁衣"。三是律诗的格式是别人替我们定的,新诗的格式可以由我们自己的意匠随时构造。卞之琳继承闻一多量体裁衣可翻出无尽体式的理念,坚持从诗质(内形式)出发的相关实践。遗憾的是,我们许多后续研究者,多把眼睛盯在外形式的诗形"四定"上(定行/定字/定顿/定称)。实践证明,满足上述四大条律,几乎得交白卷。严格意义上的格律走不通,只好做出退让降低门槛——只好在宽泛性诗体上打打主意。满打满算,够上诗体称呼或基本达标的,主要有十四行体、小诗体、汉俳体、楼梯体、歌谣体、半格律体、格律体、图像体等。客观地说,百年诗体,还是维持在历来的基本盘面上,难见新的创设。考察诗体,中国古典诗词提供了两个通用视角(它们同时也是体式建构的基础)。第一个是对举结构(对偶、对仗),构成最具中国特色的文化遗产之一(中国楹联如此发达皆源于此)。第二个是"起承转合",作为汉语诗歌形式结构的长命寿星,千百年来居功至伟,稳如泰山。下面以行为单位来考察诗体:二行体多受对举结构的影响,对举结构符合一阴一阳的天地之道。起承转合则符合万物生灭的因果律(发生、发展、高潮、结束),故对举结构可视为起承转合的压缩版,起承转合是对举结构的扩展版。对举结构充当"二句式"的要角——可通过众多方式（流水对、顺逆对、拆合对、连环对、双关对、合璧对、鼎足对、隔句对等）把天底下阴阳之事一网打尽，显得十分干练与辩证，应该说古诗的对举结构深刻地影响着任何结构的双行体。三行体根基来自中国文化中"三足鼎立""三阳开泰"的观念。三虽然是奇数，但却仍然带给人以视觉的平衡感（三点成面）。三行体中可以起、承，没有合；可以转、合，没有起，也可以将合放于首句，可以将转放于末尾；总之有几十种排列组合，比之二行更具灵活性（一生二、二生三、三生万物）。它也是一种奇妙的伸缩自如的"节俭"版——完全可以省略其中的起、承、转、合中的任何一联，并不付出多少损失，反而增强反弹力。其中的变奏是有意采用"错行"——得到两种效果：一种是更换外衣，而骨子里没有太大变化；另一种是"转向"，改变意脉的走势。而四行式相对比较中规中矩，是构成体式的根本地基，是二行式、三行式的自然归宿，不仅大大平添结构的完善完整，且也能在稳定中摇曳生姿。故综合衡量：一首诗的一句式结构多属孤家寡人、孤掌难鸣，虽具残缺中的独立，但难成气候，多属警句格言之类。最起码得具备两句式的"保底"资质（楹联如此发达便是明证）。这就是说，一首诗的基本结构是二句格式，最好是三句格式。而四句体的起承转合格式更具N倍的"翻版"功能。换言之，"二、三、四"句式是诗歌结构的"原型"，可任你扩展。两句体不管是并列的、逆反的、对抗的、矛盾的、承接的，已经隐含一个起承转合的胚胎在里面；而四行体之后，也更有条件变换着更为完整的起承转合了（包括从八行体到更具长度的十四行体等）。总之，对举结构与"起承转合"互为借力，为古典诗歌打下一脉相承的体式基础。现代新诗虽然表面上轻慢了对举结构与起承转合，但骨子里仍留有它们的遗迹。"不幸"的是，人们总是拿古诗的固化体式来要求现代新诗，但百年新诗做了多少攻垒，无论行数、字数与顿数（音节）三管齐下，或单边突击或双手联袂，都没有取得太大成效，大多体式最后都缺乏应有的稳定性、响应性与认可度而半途流产。反而是那些淡出对举结构与起承转合的自由体式一路引吭高歌，铺天盖地。这或许是诗的"第一推动力"所决定的：当你的经验、感悟、发现精进到所指之处、能指之处，一定是你"最好的精神表征"，你需要多少行（特定空间）来承载，这只有以你的"精神舒坦"和"精神饱和"为尺度。诗歌写作就是这样奇妙，它总有一种莫名的"第一推动力"让你在精神旅途或迂回，或顿悟，或灵机，或得道，而诗歌的可能空间（体式）也随之展开。所以，自由诗的发生及其定型，可以概括为一句话，自由精神的绝对推力导致自由诗必然走向"无型"的体式。百年来，自由诗的"无型"体式一直遭到另一阵营的批评，认为诗歌史的形式规律，格律体一向占据正宗。诚然，在古代是这样，但是到了现代阶段，一定还是这样吗？笔者以为传统的"主从关系"需要来个颠倒。为什么自由体不能成为"嫡系"？不能成为体式第一要角呢？必须意识到新诗的自由基因太强盛了，主宰着整个新诗形式的发展变化，形成一个以自由体为主导的泛诗体格局。尽管人有一种构形的本性，人有秩序的需要、对称的需要、闭合性的需要、行动完美以及结构的需要。但也因为构形的理性秩序与感性的自由审美冲突，是无时不在、时刻发生的，尤其对现代语境下的现代诗人、现代艺术家来讲，自由的冲动要远远大于构型的秩序；喜新厌旧的天性，往往强于固守的本能，所以绝大多数现代诗人，不愿拘于固定的形式空间，做维护"四定"的工匠。[12]且"由于自由诗的巨大包容性，那些缺少功用性和稳定性的个别的现代格律诗的创作，都是可以纳入自由诗的范畴的"[13]。如此看来，与其念念不忘更易自由诗体式的首席交椅，毋宁调整观念，坚定顺应新的"主从"关系。

三、以"手枪"为体式的"刷屏"

百年来，体式的实验建构依然前赴后继。近年突出者有深圳大学黄永健教授（紫藤山）不断试水推进。2013年12月27日晚10点左右，为安慰病榻同窗，黄永健凭一幅《冰天雪地守望图》，"不经意间"在手机上打出十三行诗，依次按三、四、五、六、七、三、七言格式排列：

怎么写
愁死鬼
手执圩灯
伊人等谁
终南积雪后
人比清风美
古今聚少离多
长恨望穿秋水
知音一去几渺杳
暗香黄昏浮云堆
不如归
不如归
好梦君来伴蝶飞！

因为形似手枪,就昵称手枪体(也称松竹体),算是手机微信催生的一个品种,也由此发展为二连体、三连体,即上述体式的2倍、3倍长度,亦即13行的N倍。13行似乎专为手机屏幕的阅读应运而生。仔细查看,3字起句最为普遍(自然不排除1字到7字的7种开头),它采用隔句押韵,然后依次做递增或递减。常见的3字头为"33、44、55、66、77、33、7",2字头为"22、33、44、55、66、22、6",1字头为"11、22、33、44、55、11、5",形成格式固定、字数有限、行数有约。当然,也可以将"手枪"倒过来按"7、33、77、66、55、44、33"等结构排列,形成基于"七言"而多变的十三行体。它包含了三字令、四六骈文、五言七言诗和词牌格式(有人总结为正枪、反枪、对枪、背枪四种基本格式),其间也容易衍生藏头诗与回环诗,实在是接续了古典文脉。3字起句的主要格式,被反复运用,久而久之容易形成体式,一旦融入大众文化,普及率将大大提升。2017年"洛阳牡丹甲天下,手枪诗词写国花"的比赛如火如荼。因应诗书合璧,图文并茂,增加了可读性和观赏性,代表作有王启成的《牡丹冠天下,枪诗铸国魂》。几年来,手枪诗遭到部分人质疑与恶搞(步枪体、导弹体、管钳子体、大炮体、菜刀体),也被部分人强烈热捧、认同。按照创始人的说法,它把中国古典诗歌的所有重要形式进行了整合创化,把中国的文化之根——易道、阴阳、轮回等哲学理念进行了诗体的表现和美学的传播。他本人也在全国多地宣讲、推广。北京大学文化产业研究院和国家文化产业创新与发展研究基地将"手枪诗的IP授权及产品开发研究"列入教育部《中国文化产业年度发展报告》(2016)。《松竹体汉诗手枪诗集》和《中国松竹体新汉诗年鉴》也相继出版。在数年实践基础上,黄永健提炼出其诗学与美学精义:"十三行体新汉诗实暗含中华哲理——阴阳调和、变而不变、大道至简及起承转合(生成驻灭)之宇宙观和生命观。""同时又找到了文化的合流处和诗歌形式创化的突破点。"[14]它是中华人生论美学雅不避俗、俗也雅化的有机严谨形式,堪与西方十四行诗比肩[15]。就固定中的字词与节律变化看,即从体式的角度看,笔者以为本质上,黄氏创化了一种伸缩得体、张弛有度的宽泛体词牌。大家知道,常用宋词牌100多种,其中3字头比例最高,以3字头"发端"的十三行体式是很适用古风体填词的,它完全符合中国诗歌讲究回环往复的整饬美(回应美和整齐美)。它让手机屏幕成为古词牌与现代词牌交融流转的平台,某种程度上弥合了长期以来诗与歌的分离。与此同时,它与古老的书法、国画、金石,存在息息相通的联姻,容易产生环璧相辉之效。手枪诗2015年4月28日获中国版权局版权登记,结合衍生品瓷器、茶香、皮具、服饰、陶瓷、文玩,正在做进一步推广(具体有"手枪诗文化衫""手枪诗镇纸""手枪诗雨伞"

"手枪诗高尔夫球"等等)。2016年"手枪诗的 IP 授权及生产品"还获得第 18 届深圳高交会"优秀产品奖"。这大概是诗歌作品第一次脱离纯粹纸上建筑,进入销售环节所赢得的商业价值奖。借此载体,还大有向产业化进军的趋势,具体为:以紫藤山文化艺术网站为主的手枪体书画销售团队;以手枪诗衍生品为主的销售市场;以手枪诗文化、创客培训及特色小镇为主的开发布局;继而融资进入更大市场[⑯]。经济效益暂且不论,继续观察体式。笔者以为黄氏"词牌"这一美情诗化的形式——以一变多的体式,非常适于主流文化、企业文化、伦理文化、商品文化需求;吻合国人传统审美接受习性;兼具"古风体"形貌和规范,容易刷屏,通俗易懂,便捷好玩。可古雅,可近俗,可文言,也可文白相间,即古今诗歌的融合度相对较高。看黄永健本人最新作品《深圳改革开放四十年》手枪诗·十枪的第一枪:

　　云从龙
　　风从虎
　　龙虎争竞
　　中国流年
　　尔来四十春
　　逐梦梦团圆
　　开山炮击南海
　　开鞭拓荒盐田
　　莲花山上走莲花
　　小平大步迈向前
　　七九年
　　非寻常
　　改革开放风雷电。

不说内容创意如何,也不说保留"词令曲"的思路怎样,就格式而言,再有怎样数倍发展(从"一枪"延伸到"十枪"),其体式局限仍无法逃脱出自我期许的营销而流于数量可观的"应制"。"应制"的重要原因之一恰恰在于驾轻就熟的格式。手枪体的通常格式为"三三四四五五六六七七三三七"式,总63 字(这一基本格式,被王译敏视为"双宝塔"与"三三七"的结构影子)。因为趋于某种固化且体积有限,许多时候施展不开,只能用高度概括的大词来充当"容器",而大词、豪词,最易沦为一般化和陈词滥调。尤其是许多细节无法装进去，而细节是现代新诗一个重要质素。关键是外形式的固化，束缚了自由的思想意绪。有限的容器，何以装载现代人的"微表情"与"微心理"？何以解决现代白话双音词、多音节的问题？须知现代汉语的双音词多达70%多，单音词只占20%多，为"就范"格式，势必将现代人悠长复杂的意绪简化，以近乎一律的"宏观"替代、挤压细节，在一味"有型"的追求中，付出的代价不能视而不见。较之其他单一的格律化，黄氏"词牌体"当然灵活机动，但再灵活多变的词牌肯定与现代自由体式产生龃龉。本质地看，手枪体仍属于固化格式的拓展创新，然跟新诗诗体的创新还是有区别的。写旧体诗词的人会比较认可黄氏创化，但现代新诗人会质疑：那些固化的行数、字数，都是充满诱惑填充的格式，实不利于现代思绪与现代言说的最大化。一个内在的陷阱已然铸就：格式、行数、字数相对固定，对古典修养较深者如黄氏，烂熟于胸的诗词小令（包括句式、意象、搭配），天然作为前意识的一部分，容易引向自动或半自动"填充"，虽然不乏当下生活烙印和话语，但总体上是被激活了的古典诗词修养，按既定"格式"衍化产出。不是吗？看那么多人用手枪体争写《〈水浒〉108将》，顺手挑一首《林冲·该出手时且出手》来分析：

  豹子头
  人中龙
  玉面才俊
  铁枪英雄
  名震四野外
  义薄云天中
  未料高贼陷害
  囚途忍辱负重
  闻噩耗肝胆俱裂
  竖横眉怒刺奸庸
  破枷锁
  举义拳
  惩恶扬善立如松。

全面到位的人格表彰，绰号、相貌、性格、品质，准确得体，充满正能量，但就创造性而言，明显较一般，症结还是"格式化"。反观台湾地区两度十大杰出诗人杨牧，人家是怎样处理同一人物的：

> 扑打马草堆，扑扑打打
> 重重地压到黄土墙上去
> 你是今夜沧州最关心的雪
> 怪那多舌的山茱萸，黄杨木
> 兀自不停地燃烧着
> 挽留一条向火的血性汉子
> 当窗悬挂丝帘幕
> 也难教他回想青春的娘子
> 教他寒冷抖索
> 寻思嗜酒——
> 五里外有那市井
> 何不去沽些来吃？

　　节选《林冲夜奔》篇末，同样是十三行，因没有字数局限，现代诗人的心灵完全被打开了，剧情得以包容场景、心理、动作、旁白、细节，以及特定情境符合特定人物的微妙意绪，这就是自由体式的容量和好处。两相比较，突出一个简明的道理：突破固定的字数，现代诗就有可能把语料材质的复杂幽微推向新的天地，从而有效处理一切难以言说的言说。要是让我们做下实验，把上述《林冲夜奔》十三句纳入《林冲·该出手时且出手》的手枪体十三行，后者的捉襟见肘，想必各位心知肚明。如此，容易给出定位：汉诗"十三行"应是一种半言半白的泛格律，是现代词牌进入网屏的开发版。难得的是，它走出文人象牙塔，在文化产业中挣得一席之地，有"破荒"之举。然而，严格讲，它无法改造与消化自由体式，两者乃属"不同类项"。对于某些过分的非分之想，委实应该泼泼冷水。在大众诗词层面上，它可能获得广泛接纳，但在现代诗接受层面上，向往"夹道欢迎"的待遇恐怕是个空想。换言之，十三行体脚踩两只船，一头扎进新古风，成为其中重要且成型的一支，另一头试图打入甚或统摄、规范新诗的现代排列，殊不知此举无法两全，无法古今通吃。它应该明白自己的边界在哪里。不由想起田径赛场，几十种竞技分为两类：一为田赛，专指用米尺丈量的高度、长度和远度；二为径赛，专指以时间计算竞走和奔跑的项目。世界运动超人还没有一个能穷尽所有竞技项目，最多挑战到"十项全能"——权当极限。掂量诗歌外形式，即便出现能耐相当、上天入地的自由体式，也有它的不足，何况其他？须知一种尚能流传的体式，在特定范围，自有其瞩目的优长，也有其软肋。然而一旦膨胀，无限放大到"包打天下""古今通吃"的程度，反而易现短板。

四、以"截句"为体式的雄起

如果说黄氏十三行偏向"新古体"，近年雄起的截句则是地道的现代"便条"体。点赞者不吝赞美之词："开辟了一个新战场"（张元珂）；"创造了一种新文体"（江泽函）；"无疑是一种新的方法论，我甚至将它看作一种与精神相关的技术革命"（周瑟瑟）；甚或拔高到"一种文学上的大发明"（严彬）；"填补了当代短句诗歌写作的空白"（小科普）；"一种诗非诗的新文体"（哲涵）；乃至于"截句就是诗中之诗"（舌粲莲花）。批评者针锋相对：自恋复自夸，好大喜功。思维的活跃和命名的急切，渴望不朽的梦想和跑马圈地的野心，以及对终南捷径的执念与追逐。格局小、思路浅、气息弱、脉象短等弊端应运而生，沦为一种趣味主义、功利主义主导下的流水线作业和投机书写。不做褒贬，先看其内、外形式特征。始作俑者蒋一谈把截句特征概括为四个字："无、短、减、断。""无"是指不用标题，以无题旨、无提示方式突入诗作；"短"是指篇幅只能在四行之内；"减"是指有意削减排列中的长句、复句成分；"断"是剪断分行中明显的黏结、连锁关系。这样的体式特征自然带来相应的美学质地，如充满迅猛的意象，失重般的急转，平地惊雷式的终结；迸发核裂变式的诗意，迅疾、有力，直击核心，造成巨大留白。努力且自觉划清与短小诗的区别。其最大的区别应该是"写的状态"，即生成的区别，充满了截取、碎片、偶发、随兴、顿悟的差异。截句有意放弃短小诗的完整性——相对规整的构思、立意、谋篇、布局，即兴于诗的成品与半成品的游走中，其实质，在笔者看来更像是一种便条体、集句体、随感录，自然也成为短小诗的"变体"，或"半导"体。这个变体的另一体征还集中体现在对自身文本做偷盗式截取，分原封不动、直取精华，或加工整形、重新修订两种。当美学质地与体式特征较好合度时，蒋一谈展示了不少佳构丽句，如"我时常被雨淋透/我还未遇到喜欢的伞"；"她抱紧自己/睡出了一张床"；"尘世落在身上/慢慢变成了僧袍"，"闭上老眼/钟声即渡船"，充满悟性慧根，得承认有些变异还是成功的，比如那两句六个字：

蒋一谈
蒋一痰

通过谐音"谈"与"痰"的比照进行自嘲，在"痰"的分泌物中做不雅镜像的直接照射，真正体现出截句的特性。在此以前，人们决然是不敢这样写的。所以我们还得承认截句是一种超级"简化"形式：题目消失，结构削弱，层次减少，字词省略，不用铺垫，无须完整，且着眼于最后的"爆破"。然而，过于自信，加上文体过于精短容易露馅。有人在"豆瓣"上推举他20首名篇，并逐一点赞。就前述的美学尺度加以考量，至少有4首（占五分之一）未能达标：

1

满月是一枚婚戒

伸出手指戴一下吧

如果我没有记错的话，半个世纪前北岛在《黄昏：丁家滩》已经写下：

是他，用指头去穿透

从天边滚来烟圈般的月亮

那是一枚订婚的金戒指

两者关于月亮——婚戒的意象何其相似，我不愿意说这是对北岛下意识的模仿或套写，但肯定属于迟到的"收割"。

2

雨打芭蕉

芭蕉很烦

经百度搜索，"雨打芭蕉"相关信息多达144万条，"雨打芭蕉"的诗句也多达33.7万条，可见它已积淀为我们民族文化心理结构的一个基本意象。唐诗宋词出现过千百万次，借用原型意象没有关系，关键是否有所突破。可是，该诗第二句引发主体心情心境，仍停留在一般常识水平上，带有主体心境色彩的芭蕉很烦——很恼、很躁、很厌，实在太一般化了，毫无新意可言。读者期待雨打芭蕉打出个什么与众不同的东西来，结果令人失望。

3

午夜的花

午夜的披头散发

提供某种意象、语象，作为暗喻的修辞指向某种人或物，但无法与庞德的"地铁车站"的花相比，因为人家100年前已经开发出来了。如此，是不是得归入拾人牙慧的行列？

4
我的吻，不在嘴唇上
而是藏在嗓子里
——这是我为你预留的深吻

第二句，其实已经起到结语的作用，且具含蓄，偏偏来个第三句的说明交代，难道不是个蛇足吗？应该删除。所以要写好截句，一定得突出"截"的特征，同时克服短小诗的通病。正是截句处在与超短诗、微信诗、闪诗的"两难"之间，双方天然地存在你中有我、我中有你的混生状态，所以当"截句"味十分浓厚，且无标题时，它靠近截句体；当小诗元素、成分足够的话，它接近小诗体。一味在"截"字上猛下功夫，它容易与汉俳、秀句、格言、警语、偈语，亲为比邻，混为一体；而高度警惕自身的"生猛"，不失矜持节制，又会很方便滑入小诗的温暖怀抱。这样的两难，多么像散文诗，一直在诗与散文的两极间摆荡。不是吗？有一部分超短诗、微信诗、微型诗本身就带有刹那、瞬间、灵感、顿悟属性。只不过截句更强调灵机一动、电光火石的悟得。故有人评述："截句所标榜的一切优点本身就是诗歌长期以来就存在的部分特质。"将部分特质覆盖、扩展为自身的全部特质，是过度自信抑或"营销"策略？重要的，还是要做到与微型诗的区隔，即克服"交集"上干扰。个人以为：除"飘忽不定的状态和瞬间斜刺的力道"外，要加强：一截——直接、断连、跳转、空白；二消（不主张消解标题，而主张适当消解结构、布局）；三爆（追求绽放、爆裂、炸开效果）；四简（缩减、疏简、极简）。没有标题规定是一个巨大的美学缺陷，也是截句外形式与内形式共同的软肋。标题在诗中的功能：一是成为内容的一个重要部分或核心部分，它与内容构成相辅相成的彰显关系，尤其是字数如此稀少，需要以一当十，何以轻易放弃？二是可再增加一次"分行"机会，增加留白张力，何乐而不为？况且无标题还会造成检索流失与混乱。像蒋氏集子065——只好把页码当标题：

原诗
你已经不爱我
了（1）
你刚刚转过身
（2）
就把我从眼神

里抠出来（3）
改1
《你已经不爱我
了》
你刚刚转过身
（1）
就把我从眼神
里抠出来（2）
改2
《爱?》（标题）
你刚刚转过身
（1）
就把我从眼神
里抠出来（2）

把第1句直接变为标题不是更节俭吗？或者删掉第一句，更为含蓄蕴藉。好好武器不用，每一招非赤手空拳。殊不知标题是内容的重要部分，好端端的功能被葬送，这叫浪费资源。所以台湾与海外的截句体一直坚持用标题，保证文本完整性（包括入选与引用方便）。另一个遗憾是即兴碎片化的倾向。如果一颗诗的基因很好，质地优良，潜势饱满，胚芽本身就是个成品，可谓天成。但如果写作者羸弱不察，贫瘠不辨，硬把那些未完成、未完善的半成品，源源当物好推广出去，岂不助长懒汉思想、垃圾行为。毕竟千百次截肢断掌，才可能抵达一次那一个"维纳斯"，概率何其之低，万不可掉以轻心。胡亮说："截句妙在起结，当戛然而起，起而未起，戛然而结，结而未结，如同孤峰拔地，悬崖临空。""上乘的截句，其行与行之间，当有万里之势，词与词之间，字与字之间，亦能有千里百里之势。"可是，大量的截句，充其量只是一些有诗意的句子，是超短诗的一种"类型"与"分叉"，三句半的玩意儿，稍具才情者，掌握制作技巧，一夜间生产几百句没有太高难度。许多跟风的山寨版容易诗兴爆棚，走向简单化肤浅化。它告诫我们，大而无当固然不可，篇制过短同样不宜，俗云"一寸短，一寸险"，把握不好这把双刃匕首，只能作为"诗余"了（张宗刚）。由小诗演化为微型诗，再到截句体，在诗体的外形式上，应该说，截句归入超短诗、短诗范畴，理所当然。然而，超短诗、微信诗、微型诗的名头不够响亮,唯独截句体以一个"截"字和一个"句"字的组合,特别是用"截"突出"这一体"特征,让先前按部就班、中规中矩的命名黯然失色,对此我们不能不感佩蒋一谈在命名上的聪慧、精准与机巧。在源头学理上,它脱胎于古典文论的"绝截律半";在因缘契机上,它直抵李小龙"截拳道"的灵感。无心有意,天助成名。纵观百年诗体,能够成型成熟的,大抵需要三个条件:(1)稳定的规范性;(2)区别于他者的可重复性;(3)特定的操作性。由是掂量,这个截句体可谓是一次贴切的命名,命名得"恰到好处",解决了宽泛性短诗命名的外延过大,以及名称平淡的毛病。它有如豹子尾般的一击,直接、犀利,突破"超短诗""微型诗"名称的方正规范和"温吞水",所以能迅速一石激起千层浪。在久违了的文体建设工地上,重新召唤人们再来一次忙碌。由于命名的尖锐与凸显得以脱颖而出,且增加若干新的诗学特征,它可能会正式挤进新诗文体的花名册,某种程度取代超短诗、闪诗的"名分",或者与之并驾齐驱,也可能独立为一个鲜明的"分支"。21世纪以来,网络、自媒体兴起,带动微型诗、超短诗、闪诗写作。截句破壁而来,应运而生,让喜新厌旧的人们重新聚集在一种旗号下,跨鞍上马;让天天在田径场上做高腿跨栏的资深选手,骤然转向投、掷的快意;让更多的初学者,在门槛降低的情况下跃跃欲试;同时也可以开始向低幼的未来希望喷洒清新的花露。尽管它有相当属性与小诗、俳句、微型诗、超短诗交集,不能为凸显差异而掩盖某些同质性,但承认它的精准命名,活络便捷,为超短诗"另起一行"的功德,则大大有助于刺激"微时代"微诗歌的发展。蒋一谈的截句风,给海内外小诗体注入强心剂,截句一旦注册,可望演化为效益不错的应用文体。在日历、台历、饰品、摆设与古典佳句同台演出,在门框、年卡,与古典楹联一试高低。少数好截句,可以独立成为名篇;部分达标截句,具备可持续发展能力;一般化截句,不过是散装碎片;凑合性截句,则是打着直觉旗号、披挂超短裙的"混混"。毕竟,真正属于"灵魂飞行器"的蜂鸟,少而又少,一如闪烁的金字塔尖永远罕见。

五、结语

从诗歌文体营垒杀将出来的这两匹黑马,经由新的传播渠道,风势不减,说明人们对体式建构的热情没有熄灭。分析它们的得失,尤其剔出其中的局限,旨在提醒,哪怕简单的形式攻坚仍需极大的韧劲。前者,可谓是半格律对自由体式一次用心良苦的规劝与规划;后者,则是自由体式在短小空间里寻求最大的发挥与爆破。应该说,在可预见的未来,形形色色的体式——格律的、半格律的实验,以及自由体内自身的改良、修订与博弈还会持续下去,但只要现代新诗不想抛弃自由的基因与求新求变的本性,它依然会保持领衔优势与可持续性趋势,正如笔者一以贯之所坚持的:新诗诗体的建设朝向,是"自由诗主导下的泛诗体联盟"。①

---

① 陈仲义. 现代诗:外形式的表征与体式——兼论"手枪体"与"截句体"[J]. 河南社会科学,2019(5):31-40.

从价值观等四个层面解读定型体十三行汉诗

铁舞

十三行汉诗，我的解读有四个层面。

第一个是价值观层面。分三点：1. 不长不短，能与西方十四行诗（闻一多认为古律体与之相似）并驾齐驱。2. 其体式、语式具有明显的民族特征，有别于其他引进的各种格律体新诗。3. 从世界范围看，这是新近发生的一个"中国故事"（另一个"中国故事"我认为是新山水诗人孔孚的东方神秘主义通灵诗体）。有一首十三行诗，直接吟咏了作为一首中国诗歌与西方十四行诗PK：

  十三台
  昼夜播
  央视视窗
  国之响锣
  史传十三经
  十三少林僧
  姚鼐总成古文
  皇皇十三类编
  汉诗新出十三行
  窾坎镗鞳上网屏
  十四行
  十三拼
  奇偶相属大乾坤！

第二个是战略层面。定型十三行汉诗又引发了对新诗中自然十三行写作的发现，这项工作已由上海TW（技术·智慧）写作工坊展开，这符合事物的对应原则，有利于推进对自由诗写作中美的规律的研究。从战略层面上看，它既涵盖了定型诗的研究，又涵盖了自由体新诗的研究。

第三个是策略层面。十三行新汉诗的倡导者黄永健教授在推广这个诗体过程中，灵活机动，一方面充分利用他的大学教授身份和有利的教研环境，另一方面利用手机微信传播的社会时代大环境，以及诗体本身的易授性，包括"手枪诗"的命名，尽管遭受众多质疑、不满，仍然得以广泛的实验和推广，其功用也得以扩大。

第四个是技术层面，它的"3/3/4/4/5/5/6/6/7/7/3/3/7"的格式，一上手就会有一种"形式召唤"的感觉，格律可宽可严，文字可雅可俗，内容涉及广大，我做过十三首不同内容、不同体式的十三行诗的实验，充分证明十三行汉诗艺术的限制与表达的可能性。

最后回到价值层面上再补充一点，我们是否能以十三行汉诗为"抓手"，激活整个中国民族特色的诗歌呢？它需要怎样的战略/策略步骤，这一定和它设置的前提和指向范围多广有关，这是实践者和研究者当下应该考虑的。

以上四条我递交给2021年在重庆召开的第七届华文诗学名家国际论坛，我没有去现场，由黄永建教授代为发布。

在这里我想就十三行的普适性和它的前提和指向范围再做一些说明。

先说普适性。所谓普适性，并不是说所有的诗都可以这样写，而是指它这个形式，许多人都可以拿来用，而且喜欢用。不能说现在已收集到的上万首"手枪诗"艺术性都是上乘的。人们喜欢用这个形式写，主要是它的节奏感，也就是音乐性。这抽象出来的"3344556677337"的节奏感脱胎于旧体，便于在手机上操作，容易为人接受。这就是普适性。格罗塞在《艺术的起源》中说到过这样一种情形：每一个爱斯基摩人都有他自作的曲调和自作的歌词。其内容取材于能够想象得出的每一件事情。歌谣的形式则有严格的规定。将全诗分成长短不同的诗句，而且长短相间地排列起来。这很使我想起"手枪体"十三行。

又比如外来的十四行、柔巴依、汉俳，这些形式都具有普适性的特点。可以作为学习写诗的一个入门训练方法，不要一上来就"日日新"，先练好这些基础性的诗体，再求自由；个入门训练方法，不要一上来就"日日新"，先练好这些基础性的诗体，再求自由；至于有些专攻格律诗体的人，更要拿出优质作品来给人做出榜样，不要以格律来攻击自由。十三行汉诗目前经黄教授的大力推广普及，很多人都在使用。我也使用，我总在觉得需要这个形式时使用，一个内容需要用古体写，我就用古体写，需要自由发挥，就写自由诗，我从来不限制自己一定要用某个形式。我写过不少十三行诗，但从来不固定写十三行诗。必须知道，再好的表达，总还有更好的表达。任何一种形式，它的表达都有极限的。有位格律诗专家向我推出一首诗,还标明这是什么体什么体,我说这没有用,如果没有很多人照着这么去写,不具有普适性。不具有普适性,称什么体,意义就不大。举个例子,有人发给我曹葆华的一首诗:

她这一点头（参差对称体）：

　　她这一点头，
　　是一杯蔷薇酒；
　　倾进了我的咽喉，
　　散一阵凉风的清幽；
　　我细玩滋味，意态悠悠，
　　像湖上青鱼在雨后浮游。

　　她这一点头，
　　是一只象牙舟；
　　载去了我的烦愁，
　　转运来茉莉的芳秀；
　　我伫立台阶，情波荡流，
　　刹那间瞧见美丽的宇宙。

我说,这种参差对称体的命名缺少实际意义,而且处于非常低端的形式命名,反而让审美活动倒了胃口。

那人说：这是对宋词的直接继承呢。你体会不出对称之美吗？

我说,一切不需要论证的说明是多余的。

他的意思,这是格律体。我想说的是,如果许多人把这形式都拿来用,这个格律体就成立了；如果没有人拿来用,这个体就无法立起来。这就是我要说的普适性。你要检验它的普适性,那你就要像黄永健教授那样去推广去普及。这就是前提。

我的完整的话是这样的："我们是否能以十三行汉诗为'抓手',激活整个中国民族特色的诗歌呢？它需要怎样的战略/策略步骤,这一定和它设置的前提和指向范围多广有关"。这个想法我最初是在一篇《"十三行"汉诗有可能会改变和激活中国诗歌吗？》的文章里提出来的。这其实是一个很大的战略构想。改变和激活中国诗歌,指的是整体意义上的"中国诗歌",包括对古体诗歌的现代激活。

十三行汉诗,明眼人一看就是中国式的传统,要不是黄永健在手机上的发明，很可以把它视为一首新发现的古体诗或词的。既然如此，为什么不能有更多的词牌得以激活呢？如果黄永健教授借此机会，在他的十三行诗圈里面来一次全面的宋词激活，那会是怎样的情景呢？十三行当然可以表现许多东西，但生活复杂多样，诗歌同样需要复杂多样的表现，诗体也是越多越好。不可能样样事都用十三行，这有多单调呀！这是一个工程，需要有一份《古诗词：全面的现代性激活计划书》。

接下来的问题是，人们愿意这样做吗？

正面说新创格律体新诗的可能吗？可能的。我们知道，自闻一多始，一直有人在探索实验提倡写格律诗，年复一年的，我们可以读到许多关于这方面的资料，甚至有理论体系，随着时间的流逝，他们的理论体系会越来越被加固，很有些人"留得英名伴春风"。然而也正是这些"成就"妨碍我们进一步优化思考。具体的在这里就省略一万字了。

现在也有很多格律体诗写作者，承认新格律体诗不成熟，但不知道"不成熟"表现在哪些方面。自由体诗写作其实也是不成熟的，同样的，也没有人看到究竟怎样不成熟。都说要让时间检验。我看，不成熟表现在以下三个方面：

1. 情感和认识不成熟；
2. 判断力不成熟；
3. 技能或素质不成熟；

由于这三方面不成熟导致整体的不成熟；就单个样品来说有成熟的，也因为上面三个因素存在而没有得到充分发展，少数成熟的不能成为样品，被大量不成熟的淹没。

有一种意见是：格律诗是正体，自由诗是异体。

如果我们同意这个意见，我们迫切需要见到的是作为正体的格律诗的楷模。不要以"不成熟"为由，以"历史检验"为由，在"自娱自乐"上躺平。

当我说这话的时候，我收到了重庆格律诗写作的老将万龙生先生发来的消息：《格律体新诗集萃》即将出版发行。我谓之"重庆格局"，黄永健教授的"十三行汉诗"提供了关于如何"激活"中国诗歌的"深圳经验"，而我正在考虑"顺乎自然，而又独出心裁"的"上海标准"。

结语：现代汉诗要让古体诗优雅地活着，让新诗健康地成长

最后我想以五百字短文结束我的演讲。这篇短文表达我的终极愿望：现代

汉诗要让古体诗优雅地活着，让新诗健康地成长。我的意思是：旧体新诗和现代汉语新诗共同构成中国新诗，就是新新不已的中国诗歌。

这不是一个理论问题，而是一个实践的问题。

在实践中有时候需要写古体诗，有时候需要写新诗；看心情和需要，也看才能和驾驭能力。

诗人，不能限制他；诗者不一样，他应该努力通晓古今各种诗体，除了汉语诗，还要读外国诗。

现代人写古体诗的问题是不鲜活，旧词旧意味重，遗老遗少的模样，没有现代感；有形式没有诗，貌似优雅。

新诗的问题是貌似散乱、无序，极端的自由。其实，新诗中的精品，也有极好的艺术体现。大部分人的眼光没有集中在这些精品上，对新诗自由的艺术规律少有总结。

现代古体诗词的榜样无疑是毛泽东诗词，其境界和趣味前无古人；体制之限挡不住生活和生命感蓬勃欲出。

古体诗鲜活了，其姿态自会优雅；反之，总显现老态。

能体现新诗诗学的也还是诗意表达的生动、鲜活，其律动、境界和趣味，同样是一条最根本的健康标志；新诗格律自由之争不是本质之争；于诗而言，格律的本质是什么？自由的本质是什么？没有人一语道破。

当下中国的诗坛形态犹如漩涡，诗人博弈也似春秋。

我期望"一唱雄鸡天下白"，当有见过大世面的明白人通识以下诸方面：意象；形制；创作；诗人；传播；人类诗。

十三行汉诗在中华诗词演变史上的价值与意义

黄永健

十三行汉诗形体起伏跌宕，前后照应，最后一行独立七言诗句作为全诗的"提振"，形成"高潮""诗眼"，并圆成全诗的情境氛围，因为前面十二句两两成对，相当于六个联句，因此，这最后一行犹如前面六个联句的总横批一样，发挥提纲挈领的提振作用。十三行汉诗整合我国传统从三言到七言的主流诗体，一首十三行汉诗刚好填满手机屏，形式别致，样态新出，且可以产生多种变体，诞生6年多来，得到网民的广泛认可和写作参与，影响及于当代诗歌理论界和海外文坛，从文化演化的逻辑立场上来看，这个带有传奇般发生学故事的新诗体，是手机时代中华五千年文化道统和诗歌学统，按照汉语和汉诗的演变逻辑，在手机微信时代的及时发声和优美显现——五千年诗歌文化的一个华丽转身。

2014年10月13日，由西南大学中国诗学研究中心和北京《文艺研究》杂志社联合主办，重庆武隆县文联、县喀斯特公司承办的第五届华文诗学名家国际论坛暨印象武隆诗歌采风活动，启动10月14日在仙女山落下帷幕。在本次会议上，"手枪诗"惊动了以研究新诗形式创新而知名海内外的陈仲义先生，陈仲义现为厦门城市学院人文学部教授，曾出版过《中国朦胧诗人论》《诗的哗变——第三代诗人面面观》以及《现代诗——语言张力论》等学术著作，在临别前看到《手枪诗（松竹体新汉诗）创新引论》，来到与会者下榻的武隆仙女山华邦酒店，与黄永健进行了长达两个小时的学术对谈，其后这场围绕当代诗歌形式创新问题的论辩全文于网络披露。

一、定型十三行汉诗的诗体特征

微信催生出来的十三行汉诗，原创形式为"三三四四五五六六七七三三七"共13行，考虑到我国古代并有二言诗（《弹歌》），可以变形为"二二三三四四五五六六二二六"共13行，中国诗歌史上以三言、四言、五言、七言诗歌为主流，六言诗不及三言、四言、五言、七言诗广泛，但是骈赋、词曲中六言诗句比比皆是。十三行汉诗既不同于闻一多的"三美体",又不同于当代九言、十一言体等,更不同于欧美十四行体,它是在天然整合中国传统三言、四言、五言、七言诗体及骈赋、词曲诗体基础上,遵循"起、承、转、合"宇宙规律和"易道"伦理而创设的汉诗新诗体,诞生六年多来,得到了海内外诗人的广泛关注和写作参与。目前,十三行汉诗已形成了既定格式,出现了多种变体和一批创新作品,这种具有视觉美感和听觉美感的汉语手机体诗歌新形式,贴近生活,贴近时代,可高雅如古诗词,通俗如顺口溜、打油诗,它有力地消除了现代自由诗过于自由、与大众疏离等负面因素,使得中华民族古老的诗歌文化——中华诗词,回到群众之中,推动整个社会重新认知祖国诗歌美学,亲近传统文化,传播传统文化,创新当代诗歌文化。中国诗歌一直以格律形式代代相传,那是汉语和汉字本身的逻辑使然,更是中国文化要义中诸如"阴阳""流变""轮回""和谐""中庸"等价值观念的形态化身。十三行汉诗以手机微信屏幕上稳定的形式、铿锵的音韵集中展示中国数千年来流传下来的主流诗体,是对传统文化的巧妙传承。依托十三行体的创作和研究成果,相关主创者已申报获批国家社科基金项目①,目前十三行体在网络上已传播至海外,出现了大量十三行体汉诗,创作和研究正在积极推进之中。

十三行汉诗"诗体结构"如下(采用普通话新韵,协调平仄):

平平仄
仄仄平(韵)
仄仄平仄
平平仄平(韵)
平平平仄仄
仄仄仄平平(韵)
仄仄平平仄仄
平平仄仄平平(韵)
平平仄仄平平仄
仄仄平平仄仄平(韵)
平仄仄

---

① 十三行汉诗创始人深圳大学黄永健教授以相关前期研究成果申报国家社科基金,其研究题目《当代汉诗创新诗体研究》(批准号:19BZW113)获得立项,立项时间为2019年7月15日。

仄平平（可押可不押韵）
平平仄仄仄平平（韵）

根据基本格式，可加以变通、演化。具体如下：
(1) 格式。统一使用十三行（可双写、连写、加长等）。
(2) 对偶。除最后一行单行外，其他双出句采取对偶形式，可全对仗，可部分对仗，可用流水对等。
(3) 起承转合。起：1、2、3、4；承：5、6、7、8、9、10；转：11、12；合：13。
(4) 押平声韵，亦可押仄声韵，亦可平声仄声韵互转。
(5) 换韵。全诗可随语势、语调换韵。
(6) 不韵。情感直切真挚，可不韵，但整体情境周全，气格完整。
(7) 雅不避俗，俗而能雅，雅俗共赏。
(8) 语感当下，速传现实，容中纳西。

十三行汉诗按照这个创新形式，有力地与古典诗词及现代诗拉开了距离，确立了汉诗的当代新形体，同时它与中华诗词的形魂相与一气，有效地展现了传统文化的当下能量，可与现实生活实现快捷准确的对接，如最近出现的《改革开放四十年》十首连写十三行体，在130行的篇幅内，鲜明生动地展现了深圳改革开放40年的历史内涵，作品所书写出来的书法长卷，已为深圳博物馆永久收藏。

现代新诗与当下语境渐行渐远，其中最主要的原因是难于朗诵和记忆，现代新诗名作《再别康桥》《采莲曲》《雨巷》《死水》《乡愁》等取得成功的要诀是押韵，所以古人不韵非诗绝不是空穴来风。在押韵的大前提下，十三行汉诗将中国数千年汉语诗歌中的主流诗体——三、四、五、六、七言进行分解后再行组合，运用传统诗词和当代新诗诗歌技巧进行创作，因为主要是用手机创作，手机与创作者可谓形影不离，因此这种"手机体"新汉诗贴近生活，贴近时代，贴近生活中的喜怒哀乐爱恶欲和应有尽有的中外生活场景，可尽情书写，高雅可如古诗词，通俗白话诗甚至如顺口溜、打油诗。

2014年8月份在安徽泾县举办的"中国首届桃花潭诗会"上，以力捧"朦胧诗"而著称诗坛的谢冕先生等，给"手枪诗"颁发了一个"网络诗歌发展奖"。十三行体汉诗诞生以来，曾经遭遇了质疑、批判、恶搞等等，但是实际情况是：以十三行体汉诗为代表的汉诗革命派，已然在网络上掀起了对于朦胧诗、梨花体、羊羔体的"汉诗革命"。2015年1月，十三行体汉诗获得深圳首届华语诗歌征文银奖，此后，十三行体汉诗文化衍生品获得过"深圳第十八届高交会"优秀产品奖、"南方诗选"优秀作品奖、"深圳大学建校35周年征文"优秀作品奖、"我的城市、我的大学：改革开放四十年主题征文一等奖"等。

陈仲义先生认为新汉诗十三行体是容易成熟的一个诗体，因为有一个对举结构、一个起承转合，捎带有适度容量——这样的格式容易流通。对举和起承转合，这是中国哲学的宇宙观，它们超越于西方的哲学宇宙观，成为我国诗文的立命根基，在人类命运共同体建构的文化愿景中，必将对人类未来的文化走向和诗歌创新产生深远的影响。

目前，十三行体汉诗创始人通过微信平台，在国内外的微信诗歌群、纸质期刊、书籍等发表了近千首原创作品，网上"手枪诗"作品总数在20000首以上，江苏周阳生、徐杉，四川张治国，广州罗培永、尼言，上海朱铁舞，深圳湘涵，香港刘祖荣，安徽刘云山等都发表了十三行体汉诗佳作。江苏徐杉一人写作十三行汉诗数千首，周阳生、徐杉分别出版了手枪诗集，北京刘永国通过网络众筹出版了《2016年松竹体新汉诗年鉴》，收录全国数十位诗人300多首作品。十三行体汉诗有倒写、连写等多种变体，单篇十三行可以即物、即事、即情、即景写作，连写十三行汉诗可以反映重大题材，如《水浒传一百零八将》《瑰丽中国一百年》《深圳改革开放四十年》《社会主义核心价值观》《深圳移民赋》《鹏城八景》等，可供当代诗人在充分认知我国古典诗词美学，积累古典诗词文化修养的基础上，吸收时代语词、语感，创新意象，拓展意境，施展才华，贡献佳作，以呼应中华文化复兴的时代召唤，践行中国诗人的文化使命担当。

二、汉诗性：从中华诗词到十三行汉诗

如果我们认为诗歌及其他一切艺术门类都是为了再现或表现情感的话，那么，我们基本可以断定，早期人类的诗歌——简单的带有强烈情感性的感叹语、感叹词、感叹句，是没有形式的，一千个人对待同一个引起强烈情感刺激的对象时，就有一千首诗，这真有点像现代自由诗一样，除了分行这个形式标志外，千人千面，短到一字诗，长到万行数万行，极端者将文字文本回车断行，行行纷披而下，就成为诗或诗歌，诗的音乐性、形式感和语言技巧性被彻底放逐，尽管如此，原始诗歌与现代、后现代"散文化""哲学化"的诗是有本质区别的，原始诗歌脱胎于先民的情感情绪，诗性诗味可感，而现代派、后现代派诗文本一旦脱离了人类的情感，变成了"理念"或动物性情绪的表现手段，则其"诗味"尚存，"诗性"大打折扣，邓晓芒在《现代艺术的美》一文中指出：现代艺术中同样也是鱼龙混杂，充斥着赝品，如何辨别？标准是，看它是不是表

现了人类的情感,以及附着于这种情感上的精神性的情调,而不是只表现了人的动物性的情绪。[①] 中国当代自由诗模仿西诗,其中以当代情感为归依者尚能表现出诗性诗味,如徐志摩、余光中,表现人类某些情绪的自然主义诗歌文本尚能延续原始诗歌的"野蛮"的风貌,如崔健的摇滚歌词,而模仿学舌西诗以哲学面孔吓唬读者的诗,则讹变为"反诗""非诗",即使是 2020 年的诺贝尔文学奖颁给了路易斯·格丽克,我们仍然坚信哲学诗、理念诗是诗歌艺术的末路。

人类进入文明社会后,格律体是各民族诗歌中的主流诗体,如西方商籁体,日本的和歌和俳句,越南的六八体和双七六八体等,中国诗歌史上以三言、四言、五言、六言、七言诗歌为主流。中华诗词从二言发展到七言,七言诗是中国古代诗体单句最复杂的、也是最终极的形式,八言、九言诗在传统诗词语境中很难通行,其中原因已有学者进行初步探讨,根据赵敏俐的研究,只由一个对称音组构成的二言诗和只由一个非对称音组构成的三言诗,就是中国最古老的诗体。而这两者的混合使用,就成为中国最早的杂言诗,如《周易·归妹》:女承筐,无实;士刲羊,无血。中国早期的诗歌体式,是从二言诗、三言诗、骚体诗到五言诗的发展过程,是古人探讨两种声音组合方式的过程。两个音组组成的二分节奏诗句,其最佳组合方式,是对称音组在前,非对称音组在后,六言诗由三个对称音组组成,构不成二分节奏的对称,所以读起来远没有五言诗声韵流畅。六言诗没有成为主要诗体的原因就在这儿。七言诗最佳组合方式是两个对称音组放在前,一个非对称音组放在后,前面两个对称音组对称和谐,是延长了的对称音组,这两个对称音组合在一起与后面的非对称音组构成扩大的"二分节奏",读起来更为流畅。[②]

七言诗表面上看起来有三个音组,前面两个对称音组构成的四言,与后面一个非对称音组加上句尾的停顿,在时长上相近,因而可以构成一个非常和谐的二分节奏的诗行。八言、九言、十言或更长的诗行不能流行的原因为,八言是两个四言的重复(四言诗的重复),九言是一个四言一个五言的重复(四言诗和五言诗的重复),十言是两个五言的重复(五言诗的重复),它们都是一个二分节奏诗句的重复,都可以分成两句诵读,因而在中国诗歌史上,七言以上的诗句很难出现,自然就很难产生七言以上的诗体了。现代有人做过九言诗的创作实验,终究难以流行起来,一个重要的原因也在这里。[③] 可见汉语诗歌每行之

---

① 邓晓芒. 现代艺术的美 [J]. 名作欣赏,2017 (10): 5-11, 2.
② 赵敏俐. 中国早期诗歌体式生成原理 [J]. 文学评论,2017 (6): 27-37.
③ 赵敏俐. 中国早期诗歌体式生成原理 [J]. 文学评论,2017 (4): 27-37.

内、行与行之间以及全篇整章之内的阴阳配置,在汉诗文体建构上发挥着与生俱来的制约作用。到了白话新诗时代,自由诗行早就超出七言,但是在当代民谣、民歌及流行歌曲中,七言仍然占据一定的优势,而十三行汉诗最长的诗句止于七言,而没有突进到八言、九言及以上,说明十三行汉诗是中华诗词的结构、语感、韵律凭借其强大的生命力在互联网时代的自然复活。

诗歌作为文学家族的显赫成员,其文类标志是它的"诗歌性""诗性",表音语言拼音文字诗歌有它的"诗歌性""诗性",表意兼表音的汉语诗歌也有它的"诗歌性""诗性",总的来说,诗歌文类要有显著的外在形式,如分行、节奏、韵律、格式等,赵朴初认为,诗歌与散文的差别,就是诗歌要求有节奏,有韵律(不是韵脚),这是只有适当地运用每个民族的语言特征(即语音、语调等等)才能取得的。[1] 散文、戏剧或小说文本在外在行式上远没有诗歌文本那样锱铢必较,这几乎是全人类的通识。与古典诗词做比较,十三行汉诗具有古诗词的定言、定行、定字数,讲究韵律、节奏,格式固定等特征,与现代新诗做比较,十三行汉诗具有现代新诗分行、通俗易懂、讲究节奏等诗性特征,在自由诗无边界放任的当下,作为格律体新诗的一种,它在写作的难度和高度上,对自由新诗的无边界放任进行必要的羁縻,让白话收束内敛,让冗长的句子通过压缩更加简练传神,让语法让位给语义、语感和汉字形体的形象暗示,十三行汉诗不早不晚诞生于自由新诗主导中国诗歌文化百年左右的21世纪"文化中国"来临之际,既是汉语诗歌的内在规律使然,也是中国文化和世界文化的阴阳调适使然。

汉诗有其"汉语性",汉语的特点:没有复辅音、元音占优势、音节整齐简洁、有声调、单音节语素多、双音节词占优势(古代汉语单音词占优势)、同音语素多。汉语的这些特点可以总结为:1. 音乐性强(元音占优势);2. 音节对称(语流中时长相仿的单音节语素阴阳调和);3. 声调突出;4. 同声相协普遍(同音语素多)。这几个特点都有利于汉语诗歌的形式化——押韵、二分对称、平仄错落,押韵易于记忆,二分对称是中国先民的智慧结晶,太极两鱼形象地说明了宇宙生成、存在、发展和变化的规律,对称和非对称不仅是诗歌音组的基本形态,也是宇宙万物形式变化的基本形态,是事物形式发展所遵循的基本法则,在中国诗歌史上,非对称的三言诗、六言诗不如对称的四言诗、五言诗、七言诗流行,说明汉语诗歌追求对称美,非对称的三言音组被整合到五言诗和七言诗的机体,变成了五言诗行和七言诗行的"对称性"部件时,它的作用就

---

[1] 赵朴初. 片石集[M]. 北京:人民文学出版社,1978:3-5.

是无可替代的,当代第一首十三行汉诗押韵、二分对称①、平仄错落,与中华诗词一样,以汉语本身的"汉诗性"进行形式建构的创新诗体。

赵朴初曾说,语言特征是一个民族在社会生活发展过程中自然形成的,可以随时代的迁流而变化,但绝不能硬性割断或任意强加。过去各种诗体,大致都起于民间,其音调之和谐总是先由人民大众于无意中取得,经过一定时间不自觉的沿用,著为定式,这就产生了所谓的"格律"。格律可以突破,可以推翻,但推翻之后又必须有新的格律取而代之,而此新格律的形式,仍然要根据语言的特征,仍然要经过酝酿孕育的阶段,并且谁也没有把握何时可以诞生,更不用说长大成年了。而同时,人民又是随时都迫切需要诗歌的,"精神食粮"是一个颇为形象化的"隐比"。在全新的、比较成熟了的、能够得到广大群众真正喜爱欣赏的诗歌形式产出之前,应该怎么办呢?所以我又有这样一个设想:可否还是酌采人民原已熟习的传统的诗体,即诗、词、曲的形式,先解决群众的需要问题,并借此提高一般群众对诗歌语言的接受水平,同时,通过实践,检查在古典诗歌中究竟有哪些是还可以继承或可以借鉴的东西,为创造将来的新诗格局寻找途径。② 十三行汉诗的诞生、发展及其对于汉语及我国古代诗、词、曲的创造性转化,基本符合赵老对于当代和未来汉诗歌诗体的设想。

汉诗又有其"汉字性",汉字的发展由原始图形性很强的象形文字逐步推进到以表声为主的形声文字,就文字制度来说,则是从图形文字发展到形意文字,又从形意文字发展到意音文字,根据专家研究,这种单音节词多的"声调语"是很难用拼音的方法来制字写词的,比如我们用汉语拼音文本来识读一首诗或一篇文章,比起英语来说要困难得多,汉字从秦汉到如今,常用汉字维持在6000字左右,而且一字多义普遍,完全依靠语音来识别汉文汉诗,非常困难,所以今天的汉字制度,依然是综合运用表音和表意两种方法,尽管象声的表达方法占据主导地位,而表意方法并未销声匿迹。③ 洛厄尔认为,这些我们称为汉字的奇妙的笔画组合实际上是完整思想的图画式表现。复杂的汉字不是自然而然地组成的,它们是由简单的汉字组成的,每一个汉字都有其意义和用法。把这些汉字组合在一起的时候,每一个字都对整个汉字的音或意起到作用。④

---

① 十三行汉诗前面六个对句是两两对称,最后一行七言诗句行内对称,与前面六个对句构成"对称+非对称"的广义对称关系,这一行又与前面两个三言诗句构成广义对称关系,为全诗的"转"、"合"要津。
② 赵朴初. 片石集 [M]. 北京:人民文学出版社,1978:3-5.
③ 郑廷植. 汉字学通论 [M]. 福州:福建人民出版社,1997:242-243.
④ 刘岩. 意象派对中国古典诗歌的误译 [J]. 四川外国语学院学报,1999(4):98-101.

在6000个汉字的范围内，进行契合语言特点的诗情表达，仅仅依靠语言的声音还不够，汉字的表意性被派上了用场，汉字形旁、声旁对应汉诗诗体音组、诗句及篇章的二分排列，汉字形体二分与对仗、平仄异质同构；汉字的方块形状字占据相同空间，从视觉习惯上促成汉诗体的定型化，西方文字（词语）占据空间大小不一，在视觉形式上促成诗体的非定型化，汉字形体有左右、上下、里外等结构，但是每一个汉字的视觉空间是等同的，汉字本身所包含的哲学逻辑和多样同一视觉图像性，奠定了古代诗词曲的形式化基础。

十三行汉诗形体虽然不同于现代排版的七言律绝、五言律绝那样呈方块状、准方块状（有人讥笑为豆腐干体），其形体自三言对句纷披而下，至后面的三言对句加七言，形成类似于汉字字体的上下结构关系，整体看上去犹如松枝密叶披挂在一株老干之上，犹松似竹，故又称"松竹体"新汉诗，又有人称之为上下双塔体——两个宝塔上下黏合，形象意味深长。十三行汉诗借鉴现代诗的口语化、意象化、理念化，可以不押韵，但是63个方块汉字及其诗形样式，犹如表音又表意的汉字一样，鲜明地呈现出汉诗的"汉字性"。

晚年梁实秋对于白话诗运动曾有深入反思，他认为胡适发动的白话诗运动尽管功不可没，但是在某些方面存在严重偏颇，其一是忽略了中国语言文字的特殊性，完全照搬了西洋文字的"文法"，"我来批评胡先生的看法，我要指出他的最大的缺失是他忽略了中国文字的特性。中国的单音字，有其不便处，也有其优异处，特别适于诗，其平仄四声之抑扬顿挫使得文字中具备了音乐性，其字词之对仗又自有一种匀称华丽之美。单音字平仄四声天生的音乐性，方块字与生俱来的匀称对仗，这都是中国文字适合作诗的优长之处，抛弃这些东西转而盲目模拟拼音文字一定会显得方枘圆凿。"[①]

三、精神重构、诗歌归位、文化升维

中华民族作为智慧早属性民族，曾经为人类贡献过杰出的哲学理念，儒释道三学合一的文化格局，至今依然具有深层绵密的内在张力和外在影响力。在全球化语境中，我们应格外珍惜中华民族精神中可以"古为今用"的文化因子、文化要素。张岱年先生称中华民族精神中可以"古为今用"的文化因子、文化要素，为传统文化中所包含的积极的健康的要素——"刚健有为、和与中、崇德利用、天人协调"。其中，"天人协调"主要解决人与自然的关系；"崇德利用"主要解决人自身的关系，即精神生活和物质生活的关系；"和与中"解决人

---

① 赵黎明. 论梁实秋的新诗文体观[J]. 中国文学研究，2014（1）：27-32.

与人的关系，包括民族关系、君臣、父子、兄弟、朋友等人伦关系。而四者以"刚健有为"思想为纲，形成中国文化的基本思想体系。① 刘梦溪先生将之总结为"敬、诚、信、忠恕、仁爱、知耻、和而不同"等②，当代中国核心领导层认为，中华优秀传统文化中很多思想理念和道德规范，不论过去还是现在，都有其永不褪色的价值，如崇仁爱、重民本、守诚信、讲辩证、尚和合、求大同等思想，有自强不息、敬业乐群、扶正扬善、扶危济困、见义勇为、孝老爱亲等传统美德。中华美学讲求托物言志、寓理于情，讲求言简意赅、凝练节制，讲求形神兼备、意境深远等。中华诗词承载着传统中国的文化精神，从《诗经》到现代中华诗词，以汉语摄取汉字书写的历代诗词，从"汉字性"、"汉语性"和"文化性"三个方面承载中华之道，时至今日，自由诗无边放任，以西方极端的个人的自由主义为最高精神追求，在解构中华美学精神的同时解构中国文化，将西方的"末世情结""上帝意志""碎片思维""野性维度"植入翻译体汉语自由诗中，从西方角度看，是文化殖民，从中华本土立场来看，是文化忘本。当然，一个多世纪以来，不仅是诗歌，中国现当代小说、戏剧、影视、动画、文旅、体育都在扮演着类似的角色，可能诗歌不但充当了急先锋的角色，也发挥了比较大的作用。

有研究者指出，在中国新诗近百年的历史发展中，一直存在着忽视诗歌精神建设的现象，这一问题到了20世纪80年代后期至90年代愈演愈烈，随着人们对"纯诗""个人化写作"等观念的不恰当理解和极端化重视，诗人逐渐与时代、与社会、与大众发生了疏离，中国新诗也因此陷入某种"精神危机"。中国新诗在80年代后期至90年代又成了展现个人梦呓的话语场，各种语言游戏的作品"你方唱罢我登台"，新诗在表面活跃的背后却潜藏着没有与社会历史发生对话与摩擦的精神危机。③ 新诗没有与社会历史发生对话与摩擦，还是次要的问题，实际上新诗与其他艺术门类一样，一直在扮演者"去中国性"的角色，由于一百多年来的反传统和文化革命的不断"去中国性"④，当代中国人对于中国的传统艺术同样失去了自信和坚守的勇气，当代中国艺术的总体发展趋势是：文化符号越来越集中，艺术家逐渐走向自我，艺术空间也越来越狭窄。当代中

---

① 张岱年，程宜山. 中国文化精神 [M]. 北京：北京大学出版社，2015：14-15.
② 刘梦溪. 马一浮与国学 [M]. 北京：生活·读书·新知三联书店，2015：7. 刘梦溪先生认为这七重基本的价值理念，成为中华民族两千年来立国和做人的基本依据。
③ 张德明. 吕进与"新诗二次革命"[J]. 重庆三峡学院学报，2013（1）：83-88.
④ 刘悦笛. 当代中国艺术：建构"新的中国性"——从"去中国性"到"再中国性"之后 [J]. 艺术百家，2011（3）：33-42.

国新诗界热衷于追随西方诗坛动态，鼓吹写作的"绝对自由"，常常以西方诗歌的价值标准和形式样态来衡定当代汉语诗歌写作，不少自由诗写作者号称当代中国诗歌写作范式在西方，李杜苏辛不值一文，"下半身写作""垃圾派""梨花体""废话诗"等等，迎合西方读者口味，"刚健有为、和与中、崇德利用、天人协调"以及"敬、诚、信、忠恕、仁爱、知耻、和而不同"等传统文化精神，被他们弃之如敝屣，他们也对创立当代汉诗新诗体的诗学愿景不屑一顾，或竟全盘否定。

十三行汉诗承续传统，悦纳外来，创化当代汉诗新形式，其首要目标是通过诗体重建实现中华诗词规范重建，通过中华诗词规范重建激活传统文化基因，十三行汉诗本身所蕴含的"二元协调""中和自然""气韵生动"等精神素质，以及通过吸收嫁接外来优秀诗歌文化所产生的其他正能量要素，都可以在理论和实践两个层面推进"诗歌二次革命"之精神重建。

中国允称诗歌大国，汉语本是诗性语言，五四白话文运动革了文言的命，白话诗革了古代诗词的命，从此自由诗一统天下，可是自从白话诗诞生以来，争议之声不绝，质疑之问不断，一段时间，我们错以为现代派的自由诗将永远是诗歌的大道坦途，现代派的自由诗发展到今天，在自由的轨道上"脱轨"，沦为"后野蛮写作"[1]，日本学者小西甚一称之为"近代西洋式的俗"，[2] 汉语诗歌亦步亦趋，变成了"哲学诗"，诗人变成了"神学家"，诗评人云亦云，诗歌圈子远离大众却自以为是，由于外来文化一直与传统文化迂回折冲，中华诗词中的"原教旨主义"者，同样远离大众自以为是，种种原因导致诗歌不被待见，诗歌文化地位滑落。

剧赵朴初回忆，"记得一九六五年春天，陈毅同志在一次闲谈中对我说，毛主席曾向他讲到中国文艺改革以诗歌为最难，大约需要五十年的时间。我当时不禁心中感到震了一下。怎么，中国诗歌改革还需要这么长的时间！我们这一辈人岂不是连是否能亲眼见到都成问题了吗？经过这些年的思索和实践，我才深深体会到主席这个估计真是有至理存焉。每种文艺都必须经历一定孕育、生长和成熟的过程，我们不仅无法为之预定指标，计日程功，甚至无法为它的将来面貌预制具体的蓝图。任何有志之士所能做到的，都只能是：在其时代所能提供的条件下，朝着个人所认为的正确方向，尽量做自己的努力，以期有所发

---

[1] 这儿借用人类学观念，文明时代之前是人类的野蛮时代，原始诗歌是粗朴率性不讲究形式的，今天的后现代诗歌有的探述"个体无意识""集体无意识"昏昧状态，貌似神话，实际上是一种有意或无意的准野蛮写作。

[2] 小西甚一. 日本文学史 [M]. 郑清茂，译. 台北：台湾联经出版社，2015：13-20.

现，有所进展，如是而已。至于是否真有进展，进展了多少，恐怕连本人也很难断言。不过有一点可以相信，那就是，只要我们遵循毛主席文艺思想的指引，顺应文学发展的规律，运用民族语言的特征，联系群众，集合足够人力，发挥各自所长，共同协作，辛勤垦殖，那么新中国诗歌园地中总有一天是会开出新异鲜艳的花朵来的。"[①]

中华诗歌作为中华文化整体的一个不可或缺的部分，在中华文化复兴的"造山"运动中，必须根据自己文化遗传基因，结合时代的环境条件，再造自我，升华"境界"，刷新形象，彰显民族睿智和力量，不仅在诗歌领域实现诗性升维，同时在人类文化建构的过程中，发挥文化升维的作用。

[①] 赵朴初. 片石集[M]. 北京：人民文学出版社，1978：3-5.